中等职业教育国家规划教材
全国中等职业教育教材审定委员会审定

中国饮食文化

（第三版）

叶俊士 主编

中国教育出版传媒集团
高等教育出版社·北京

内容提要

本书是中等职业教育国家规划教材，依据教育部《中等职业学校导游服务专业教学标准》及旅游行业相关标准，在2008年版的基础上修订而成。

本书共分为六个单元，包括中国饮食文化概述、中国饮食文化发展、中国饮食风味流派、中国饮食民俗、中国茶酒文化、中国饮食审美与养生。本书通过多个层面以深入浅出的方式，对博大精深的中国饮食文化进行解读，使学生在领略中国饮食文化独特魅力的同时，为将来从事旅游服务等相关岗位工作提供理论支持和实践指导。本书注重理论与实践的结合，内容图文并茂，通过趣味链接、思考与讨论、随堂测验等方式，激发学生的学习兴趣，增强其学习效果和知识的应用能力。

本书配套习题答案、电子教案、演示文稿等辅教辅学资源，请登录高等教育出版社新形态教材网（https://abooks.hep.com.cn）获取相关资源。详细使用方法见本书最后一页“郑重声明”下方的“学习卡账号使用说明”。

本书适用于职业院校旅游类专业的学生使用，也可作为相关专业的岗位培训用书。

在当前我国文化和旅游融合发展的新形势下，旅游业日益重视文化内涵的提升，源远流长的中国饮食文化作为重要的旅游资源，具有巨大的潜力和价值。时代的发展和旅游业的变化对“中国饮食文化”课程的教材内容和呈现形式提出了新要求。因此，我们经过广泛调研和深度走访，在“中国饮食文化”课程长期教学实践的基础上，对本书进行了修订，旨在为职业院校旅游类专业学生提供一本全面、系统的，涵盖中国饮食文化主要内容和实践应用的学习用书。在修订本书的过程中，我们始终秉持重要的理念：站在时代的高度，积极落实职教改革新精神；把握学生需求，紧跟行业发展新趋势；力求将职业院校旅游类专业学生的理论知识与实践技能相结合，培养他们的综合素质。

本次修订的特色主要体现在以下三个方面：

1. 融入中华优秀传统文化，彰显课程思政

在思想性上，力求将价值引领与技能传授相结合，突出“文旅融合”，通过趣味链接、思考与讨论等栏目有机融入中华优秀传统文化。如在介绍官府菜时，引入小说《红楼梦》中的贾府菜肴，在介绍中国茶文化时引入宋代的“点茶”，在思考与讨论环节引导学生结合家乡饮食特色进行相关讨论，旨在引导学生传承并弘扬中华优秀传统文化，树立热爱祖国、热爱家乡等爱国主义情怀，培养学生的职业核心素养。

2. 重新编排教学内容，对接新标准、新知识

依据最新的专业教学标准与行业标准，并根据职业院校旅游类专业学生的实际情况，结合当前中国餐饮业发展的新趋势，重新编排教学内容，突出重点；主要内容包括中国饮食文化概述、中国饮食文化发展、中国饮食风味流派、中国饮食民俗、中国茶酒文化、中国饮食审美与养

生，使学生更加清晰全面地了解中国饮食文化的核心内容和行业实践，并确保紧跟时代发展脉搏。

3. 重新设计体例，体现理实一体化

在体例上，注重教学的适用性与呈现形式的新颖性，内容表达力求通俗易懂，版面设计力求图文并茂。每一单元都包括课前部分（单元导读和学习目标）、课中部分（主题导入、知识介绍、趣味链接、思考与讨论）和课后部分（随堂测验和拓展应用），力求好教利学，帮助学生更好地理解和掌握所学内容并应用于实际。

根据学科要求和学生实际需求，教学时间设置为36学时，具体安排如下（供参考）：

单元	内容	学时
单元一	中国饮食文化概述	4
单元二	中国饮食文化发展	8
单元三	中国饮食风味流派	8
单元四	中国饮食民俗	6
单元五	中国茶酒文化	6
单元六	中国饮食审美与养生	4
合计		36

本次修订由宁波财经学院叶俊士担任主编，浙江农业商贸职业学院叶方舟和浙江旅游职业学院郑思阳参与编写。

中国饮食文化博大精深，悉心笔耕亦难释其一二，加之时间有限，书中疏漏之处在所难免，敬请读者批评指正！读者意见反馈邮箱为 zz_dzyj@pub.hep.cn。

编者

2023年11月

随着中国加入世界贸易组织，旅游业将会出现一个更为崭新的发展阶段。外资进入中国创办合资或外资旅行社，中国也以同样的形式进入外国旅游市场，都将成为可能。此举将给中国的旅游业提供巨大的商机。中国旅游业在新的世纪将获得举世瞩目的快速发展，这已成为世界的共识。在此形势下，对旅游服务与管理的国际化、规范化、科学化的要求更为必要和迫切，由此对旅游中等职业教育也提出了更新、更高的要求。如何培养新形势下合格的旅游服务与管理人才，是首先需要解决的问题，而编写适应这一需要的相应教材。

根据《面向21世纪教育振兴行动计划》提出的实施职业教育课程改革思路，以中等职业学校旅游服务与管理专业“中国饮食文化教学基本要求”为标准，我们编写了《中国饮食文化》教材，供本专业学生学习使用。

“中国饮食文化”课程是中等职业学校旅游服务与管理专业学生学习的专业基础课之一。通过本课程的学习，学生能够掌握有关中国饮食文化的基本常识，进一步体会中华民族历史文化源远流长和博大精深的文化内涵，建立民族自豪感，增强历史责任心，培养爱国敬业的精神，为毕业后从事旅游服务管理工作积累必要的知识，为宣传和弘扬中华民族光辉灿烂的饮食文化，为旅游者提供高标准、高质量的服务打下良好的基础。

首先，在编写《中国饮食文化》教材过程中，突出了实用性和适用性原则，即以中等职业学校旅游服务与管理专业学生为主要培养对象，以初中级中文导游员为培养目标。在内容选择上不求面面俱到，事事详论，而是遵循择要和适量原则，论述尽量深入浅出，浅显易懂，力求科学性、知识性和趣味性相结合，给学生一个相对系统的知识体系，又兼顾整个内容的完整性和各个部分之间内在逻辑的一致性。同时，为使学生毕业后获得从业资格，注意到了教材内容与资格考试培训内容相衔接。

其次，在教材编写中突出了“文化”性，即针对旅游服务与管理专业学生的培养要求，注意从“文化”角度进行阐述，增强“文化”内涵，突出“文化”特点。最后，注意通过练习，使学生获得一定的自己动手进行“文化调查”的能力。

由于各地区旅游教育发展水平和教学实习环境存在着一定的差距，在本课程的教学中可根据本地区的实际情况，对内容可有选择地进行学习，具体学时安排建议如下（总学时36）：

章名	课程内容	学时
绪论		2
第一章	饮食源流	4
第二章	中国烹饪原料与技术文化	4
第三章	中国饮食风味流派	6
第四章	中国酒茶文化	4
第五章	中国的食制、食礼与食俗	6
第六章	中国饮食审美	4
第七章	饮食与养生、哲学、政治、语言、文学	6
总计		36

参加本教材编写的有：陕西省旅游学校李曦（绪论、第五章、第六章、第七章）、浙江省旅游学校戴桂宝（第一章、第三章）和上海徐汇职业高级中学唐美雯（第二章、第四章）。由李曦主编。

在本教材的编写过程中，教育部、国家旅游局以及作者所在省市旅游局、教育厅和学校的有关领导、同事给予了很多指导帮助，王子辉、王文福担任本书主审，在此一并表示衷心的感谢。

由于编写者水平所限，加之时间仓促，书中的问题和不足在所难免，祈望专家和读者不吝赐教。

编者

2001年12月

目录

单元导读

中国饮食文化素以源远流长、流传地域广阔、烹饪工艺卓绝、文化底蕴深厚而享誉世界。积厚流广的中国饮食文化，在维系中华民族的繁荣昌盛、促进生产力发展、推动社会进步和文明等方面，发挥着重要的作用。本单元主要介绍了文化的含义，饮食文化的概念、内容、特征以及中国饮食文化的基本特征。

学习目标

- 了解文化的含义。
- 了解饮食文化的概念、内容及特征。
- 掌握中国饮食文化的基本特征。

中国饮食文化概述

饮食文化概述

● **主题导入**

伟大的教育家蔡元培先生说:“我认为烹饪是属于文化范畴,饮食是一种文明,可以说是‘饮食文化’。烹饪既是一门科学,又是一种艺术。”

著名作家邓友梅说:“饮食也是文化,对这种观点我很赞同。我们中国人在吃上向来讲究,这种观点无疑更能提高我们的文化地位,增加我们的自豪感。我想,若把饮食纳入文化范畴,它可能是最容易从事又最难取得成就的一个项目。其实,饮食文化是最讲实效的文化……”

著名国画大师张大千先生说:“吃是人生最高艺术。”

著名中篇小说《美食家》的作者陆文夫说:“饮食是一种文化,而且是一种大文化。所谓大文化是因为饮食和地理、历史、物产、种族、习俗,和社会科学、自然科学的各个方面都有关联。我们简直可以从饮食着手来研究人类社会经济与文明的发展。”

● **讨论**

请同学们从上述名人的言论出发,并结合本主题的学习内容,谈谈对中国饮食文化的理解。

饮与食作为人类社会生活中的一种自然现象，是人类维持生命、繁衍生息的首要物质基础，是社会发展的前提保证之一。中国有一句古话叫作“民以食为天”，可见饮食在中国百姓心中的重要地位。在漫长的历史发展过程中，勤劳聪慧的中国先民创造了丰富多彩、各具特色的饮食文化，使中华民族傲立于世界民族文化之林。

一、文化的含义

图1-1
甲骨文中的“文”字

在中国古代文献中，文化最初并不是一个固定词语。甲骨文中的“文”字（图1-1），是一个站立着的人，胸前刺有花纹图案，指的是“文(纹)身”，引申为花纹、纹理。“化”本义是变化，后引申为通过教育使风俗、人心发生变化，即教化，又引申为风俗、风化，也指自然界从无到有、创造化育世间万物，即造化。《周易・贲卦》中有“观乎人文，以化成天下”，最早将“文”与“化”两个字联系起来，意思是要注重人事伦理道德，用教化推广于天下。到了汉代，西汉刘向的《说苑・指武》中最早出现文化一词：“圣人之治天下也，先文德而后武力。凡武之兴，为不服也；文化不改，然后加诛。”后来，南齐诗人王融在《三月三日曲水诗序》中写道：“设神理以景俗，敷文化以柔远。”从这几个古老的用法上来看，在古汉语系统中，文化的本义就是“以文教化”，诗文礼乐、政治制度、道德礼俗等内容，是封建王朝所施行的文治和教化的总称，属精神领域的范畴。

现代人所谓的文化，多指19世纪以后自西方传入的概念，其含义变化非常丰富。英语中“Culture”(文化)一词，源于拉丁文“cultura”，有耕种、居住、训练、注意等多重含义。到古希腊、古罗马时代，这个词的含义转变为改造、完善人的内在世界，使人具有理想公民素质的过程，也被理解为培养公民参加社会政治活动的能力。后来被译为英文、法文后，又引申出培育、化育之意。随着时间的流逝，文化逐渐成为一个内涵丰富、外延宽广的多维概念，成为众多学科探究、阐发、争鸣的对象。据不完全统计，关于文化，国内外有大约200个定义，学者们从各自学科的角度，对其进行界定与解释。尽管各个定义之间有差异，但从宏观角度来看，共同的认识如下：文化是人类社会历史的精神与物质的复合体，可以分为广义文化与狭义文化两种。广义文化指人类社会在历史发展过程中所创造的一切物质财富和精神财富的总和。狭义文化指社会意识形态(如思想、道德、哲学、宗教、文学、艺术、科学技术等)以及与之相适应的组织和制度在内的精神产品。

二、饮食文化的概念

无论是广义的文化，还是狭义的文化，饮食毫无疑问都可以纳入文化的范畴。饮食活动首先是一种物质实践，从人类进化发展的历程来看，饮食是人类生存的第一需要，人们发明、制造工具，依靠工具获取或生产食物原料，制造烹饪器具，加工饮食产品等。在这一过程中，人们逐渐建立起与这些饮食活动相适应的饮食方式、制度规范，形成一定的意识形态、饮食风俗，涉及政治、经济、哲学、文化、艺术等多个领域，从而形成饮食文化中的精神财富资源。同时，因为自然地域、民族社会等因素的差异，人们所采用的食物原料、加工方式不同，所产生的饮食风味、文化风格也各具特色，造就了饮食文化丰富多彩的内涵。

因此，饮食文化的概念一般界定为食物原料开发利用、食品制作和饮食消费过程中的技术、科学、艺术，以及以饮食为基础的习俗、传统、思想和哲学，即由人们饮食生产和饮食生活的方式、过程、功能等结构组合而成的全部食事的总和。

三、饮食文化的内容

饮食文化随着人类社会的出现而产生，又随着人类物质文明和精神文明的发展而不断丰富，是一个涉及社会科学、自然科学及哲学的宽泛概念。饮食文化的内容大概包括以下十个方面。

（一）饮食原料

饮食原料是人们进行饮食生产过程中所凭借的物质要素，属于物质形态的文化范畴，包括从远古时期先民们对饮食资源的采集、驯化、开发到后来的扩展、培植与利用以及未来的发展方向。

（二）饮食器具

即烹饪原料、烹调加工等使用的工具，以及进食中所使用的所有盛器、餐具，包括它们的用途、质地、形制等演变过程，是人们饮食活动中重要的工具载体。

（三）饮食制作

饮食制作是生产制作的技术体系，包括烹饪原料的鉴定选择、原料加工的方法、烹饪方法、调味方法和火候技巧等。

（四）饮食礼俗

即各地区、各民族、不同宗教信仰的饮食风俗及由饮食风尚习俗而形成的各种风味流派等，是饮食生活中的礼仪规范，更是社会文明进步的标志。

（五）饮食制度

即不同历史时代，不同民族、宗教等制定的与饮食相关的制度、规范等。

（六）饮食消费

即以饮食市场为对象，通过对饮食商品与市场消费关系的研究，来认识和探究人们的饮食消费心理、价值取向及饮食市场的发展规律。

（七）饮食产品

即餐饮企业向社会提供的，并且能满足人们需要的实物产品和无形服务的总称，包括各种菜肴、面点、小吃、饮料，甚至包括瓜果、糖果、罐头制品、方便食品等。

（八）饮食心理

即人由于饮食需要产生的心理需求，如要求、愿望、情趣等，进而影响人的情绪、行为和精神。

（九）饮食思想

饮食思想是人类饮食文化的精华与哲理。在长期的饮食生活中，不同文化背景的人群对食物与饮食行为进行反思和追问，从各自的角度体悟饮食与自然、饮食与社会、饮食与健康、饮食与烹调、饮食与艺术等多个方面的哲学思想。

（十）饮食交流

随着人员的流动，地域之间、民族之间、国家之间的饮食文化互相交流，促进了人类饮食文化的繁荣和发展。

四、饮食文化的特征

饮食文化作为文化的重要组成部分，既有一切文化现象的共性，也有其独特的个性。饮食文化的特征主要有以下六点。

（一）时代性

饮食文化的具体形态会随时代的发展而发生变化。随着生产力水平的不断提高，人类社会的物质生产能力不断增强，进而引起饮食文化不断变化、丰富。不同历史时代，饮食文化都表现出不同的时代特征。如改革开放后，我国无论是在饮食原料、饮食器具、饮食产品，还是在饮食消费、饮食制度、饮食思想等方面，都发生了巨大的变化。

（二）地域性

饮食文化的地域性指由地理环境、气候等自然条件的不同所引起的饮食文化的差异。如我国南方、北方的饮食文化就表现出明显的面食文化、米食文化的差异，在饮食习惯上也表现出东辣西酸、南甜北咸的不同口味。

思考与讨论

俗话说：『靠山吃山，靠水吃水。』根据这句俗语，请谈一谈你的家乡有哪些特色食物。

（三）民族性

饮食文化的民族性指不同民族的饮食文化存在着差异。不同民族因长期赖以生存的自然环境、生产力与技术水平、经济生产生活、民族发展历史、宗教信仰等方面存在差异，从而逐渐形成了有别于其他民族的饮食文化，主要体现在传统的食物摄取、烹调技法及食品的风味特色，以及饮食礼俗、饮食心理、饮食思想等方面。

趣味链接

中国“吃”的文化

有人把中国饮食文化概括为“吃”的文化，不是没有道理。中国计算人数用“口”——“人口”“户口”，饮食风味是“帮口”，挣钱谋生叫“糊口”。中国是世界上的人口大国，填饱这么多的“口”，确实不是一件容易的事。数千年的历史归根结底是解决“口”的问题，所以“吃”在中国显得格外重要——“有饭大家吃”，就连宣传平等，也得落实到“吃”。

外国人见面的问候是“你好”，中国人见面问“吃了没有”；外国人接待客人，几道菜吃好便罢，中国人接待客人，饭菜异常丰盛；外国人敬酒不劝酒，中国人敬酒又劝酒；外国人吃饭主要看营养搭配，中国人吃饭除营养搭配外，主要看“味道如何”；外国人认为在吃上花太多时间是浪费，中国人认为在吃上下再大工夫都有意义等，这些就是中国的饮食文化和外国的饮食文化在浅显层次上的差异。

另外，以“吃”引发的文化现象渗透到中国社会生活的方方面面。例如让人不要着急说“一口吃不了个大胖子”“心急吃不了热豆腐”，情况不明叫“吃不准”，吸取教训叫“吃一堑长一智”；穷是“吃糠咽菜”，穷到家是“吃了上顿没下顿”，小康的标准是“不愁吃不愁穿”等，都与“吃”紧密联系在一起。这在其他国家饮食文化中是少见或见不到的。

（四）阶层性

饮食文化的阶层性指在阶级社会中，不同社会阶层通过饮食所反映出的饮食物质与精神需求的差异。从历史发展来看，饮食对社会上层尤其是那些贵族之家而言，早已超越了果腹生存的基本需求，而成为享受人生、显示特权的工具；而对普通百姓而言，首先追求的还是生存与温饱。

（五）融合性

饮食交流与人类的其他交流方式不同，不是互相排斥而是吸收融合，融合交流的速度取决于政治、经济、观念形态等因素的影响程度。伴随着全球化的发展，各个国家、各地区的交流日益增多，饮食文化互相借鉴融合的趋势不断加强，使人类饮食文化的内容不断丰富。

（六）传承性

任何一种饮食文化发展至今，都经过了漫长历史岁月的传承和沿袭。人类饮食文化从最初原始的状态发展到今天，已发生翻天覆地的变化。究其原因，一方面是来自不同饮食文化间的融合、交流，另一方面则来自内部的进化，进化又包括了传承与发展，而发展也是传承基础上的发展。

中国饮食文化的基本特征

● **主题导入**

过去，由于西方一些国家的人对中国饮食文化缺乏广泛而深入的了解，所以认为法国的饮食文化在世界上是最伟大而辉煌的。随着各国文化交流的发展，这些国家的人对中国饮食文化的了解不断增多，理解更加深入，很多人认为中国的饮食文化在历史、内涵等方面不亚于法国，甚至是法国无法企及的。

不过，直至现在，中国饮食文化的宣传，很多情况下还只是我们“孤芳自赏”，还没有得到世界范围普遍的共识和肯定。

● **讨论**

你赞同上述的说法吗？通过本主题内容的学习，与同学讨论一下并谈谈你的理解。

中国饮食文化是中国人在长期的饮食实践活动中创造出来的物质财富和精神财富的总和，具有独特的、鲜明的个性和民族特色，在世界饮食文化中享有盛誉。中国饮食文化的基本特征可从其历史、内涵、特质等方面进行归纳。

一、历史悠久、源远流长

根据考古发现，目前中国最早的原始人可以追溯到距今约180万年的山西芮城西侯度人和距今约170万年的云南元谋人。在这两处考古遗址中都发现了曾经用火的痕迹和动物烧骨，但还缺乏充足证据证明这是人类用火熟食的遗迹。到了距今约70万至20万年的北京人时期，人类掌握了用火熟食的技巧，结束了完全生食的时代。在北京周口店的北京人遗址中，考古学家发现了厚达6米的灰烬层，里面埋着烧过的石块、敲碎的烧骨、烧烤过的朴树子以及木炭等，证明北京人已经能够主动地控制火、利用火（图1-2）。北京人的饮食实践拉开了世界范围内人类用火熟食的序幕。恩格斯说，用火熟食“是猿转变到人的重要一步”，它“第一次使人支配了一种自然力，从而最终把人和动物分开”。用火熟食不但是人类对自然物的改造和利用，而且是对人类自身发展的一次重大贡献。用火熟食不仅拓展了食物来源，改善食物的营养价值，使蛋白质变得更易吸收，同时也杀死了食物中的寄生虫和病菌，极大地改善了人类的生存环境。许多学者也相信，学会用火，特别是用火来制备食物对人类适应环境、体质进化、脑容量扩张和社会化等都具有重大的作用，是人类由直立人向现代人演变的关键。在中国古代传说中，在燧人氏发明钻木取火之前，人们“食草木之实，鸟兽之肉，饮其血，茹其毛”（《礼记·礼运》），因此“腥臊恶臭，而伤害腹胃，民多疾病”（《韩非子·五蠹》），熟食从根本上改变了这一状况。

图1-2
北京人用火场景还原

趣味链接

燧人氏钻木取火

在中国的神话传说中，最早发明人工取火的是燧人氏。他凭着自己的智慧给人们带来光明和温暖，让人们可以将食物做熟了吃。

传说，在遥远的地方有个燧明国。一位圣人受天上的神仙指点，到那里去寻求火种。他翻山越岭，历经艰辛，到了之后才发现，那里到处都是漆黑一片，根本没有白天、黑夜之分，哪里有什么火种？圣人很失望，坐在一棵大树下休息。树上有几只大鸟正在用它们硬硬的嘴啄树上的虫子吃。它们每啄一下，树上就会蹦出明亮的火花。这些火花一下子引起了坐在树下的圣人的注意，他想既然鸟啄树可以产生火花，那我模仿它的样子就应该也会有火花。于是，他马上从树上折下一截树枝，然后在树上钻了起来。经过几次尝试，树上真的冒烟了，他继续钻，渐渐地真的有了火星。圣人非常高兴，将这种取火的方法广为流传。从此人们可以自己生火，不必再忍受寒冷和黑暗。人们感念这位圣人的功德，推举他做部落首领，并称他为“燧人氏”，意思是取火者。

这个神话反映了原始时代的中国人从利用自然火进化到人工取火的情况。

距今约1万年，我国进入以磨制石器为主要特征的新石器时代。陶器的使用结束了用火直接烧烤食物原料的阶段，出现了真正的烹煮。陶制炊具作为中间媒介，把本不相容的水与火和谐地统一在一起，赋予了哲学色彩。所以中国古人非常推崇这一发明，称之为真正意义上的“火食之道”。这种认识在世界饮食文化中也是罕见的。

在河姆渡遗址(距今约7 000年至5 000年) 中，考古学家又发现了稻、粟、菜籽等作物遗迹(图1–3)，也发现了饲养牲畜的圈栏，说明当时的饮食原料已有了相对稳定的来源。在与其时代相同的一些文化遗址中，发现了陶灶、酿酒用的器具等，陶制的炊具、餐具种类不断丰富。古籍中也记载了传说中神农氏发明农业、黄帝发明蒸的方法，说明中国饮食文化的发展又进入了一个新阶段。

进入夏、商、西周、春秋战国时期，中国饮食文化体系开始形成，为中国古代传统的饮食文化奠定了基础。从此，经历了秦汉到隋唐的发展时期，至宋、元、明三代达到繁荣阶段，到清代，中国古代传统的饮食文化达到鼎盛，创造了无与伦比的辉煌成就。

图1-3
河姆渡遗址出土的稻谷遗存

纵观中国饮食文化的历史发展过程，上下延续180万年之久，其源头之遥远，足以傲视世界。众所周知，世界上有四大文明古国。然而，只有在中国，古老文明被中华民族用文字等完整地记录并传承。因此，中国的饮食文化是唯一没有中断、环节完整、延续至今的饮食文化。正因为如此，中国饮食文化才有着无比深厚的积淀、博大精深的内涵、结构完整的体系。

趣味链接

面条的起源地在中国

中国学者发表的关于喇家遗址4 000年前面条的发现和研究报告——《中国新石器时代晚期的小米面条》，立刻在全球引发了强烈关注，面条首创于中国的历史定论因此一锤定音。这是2002年的某一天被发现的，保存在一个倒扣的、淤积的泥土和陶碗底部之间，是一团黄色的、断面略呈圆形、风化成中空的、直径3~4毫米的卷曲缠绕状物，鉴定结果是以粟为主、少量黍（利用其黏性）的成分制成的面条。关于面条，有人说发端于古罗马恺撒时期，有人说是马可·波罗从中国带到意大利而后传遍世界，阿拉伯人说起源于中东地区两河流域（小麦起源地），喇家遗址面条的发现，从此给这一争论画上了句号。

二、文化积淀深厚、丰富多彩

中国饮食文化经过历史绵延不断的积累沉淀，形成了非常深厚的文化层，内容异常丰富，表现绚丽多彩。这主要表现在构成中国饮食文化的各种表现形态种类多而且完整。从中国饮食文化发展的纵向看，每一历史时期、每一发展阶段都有着自己丰富的内容，并以此与其他时期和阶段相区别；从横向看，每一种文化形态的内容也非常丰富，从而构成自己的系列，在整个饮食文化内容结构中占有一席之地。

从纵向看，中国饮食文化在各个历史时期的内容相当丰富。以春秋战国时期为例，这一时期虽然一直处在诸侯混战的过程中，但却造就了区域经济高度发展、手工业不断进步、商品交换日益频繁、学术思想空前活跃的局面。饮食文化在这一社会背景下，同样取得了辉煌的成就。饮食器具方面，我们今天能见到的青铜炊具、食具、酒具、水具、饮食辅助器具等，几乎涵盖了所有常见器形，种类之多不下数十种。饮食原料方面，见于记载的粮食作物有十余种，蔬菜50多种，果品20多种，畜禽类50多种，水产类30多种。烹饪工艺方面，已总结出一套鉴别选择原料的原则及分档取料、择优取料的方法，烹饪方法多达二三十种。在调味方面，总结出不同的主料要用相应的配料、调味料和佐辅料合理搭配；不同季节要选用不同的原料、油料、调料相互搭配；使用调味料调味，有先放、后放、多放、少放的细微差别。在火候方面，总结出一套以火为纲，以水为介质，通过对火大、小、快、慢的调整，达到消除原料异味、制作出口感和味道都恰到好处的美食的方法。这一时期还出现了一些烹饪名家，各地出现了不少名吃，东西南北饮食风尚的地域差别初步形成。饮食商业市肆已经出现，各种宴会，包括国宴、家宴的规格、仪式已比较完备，饮食审美水平已相当高，人们已经认识到追求美味是人的共性，对“味”的强调和追求已成为传统饮食审美的第一标准。同时，还强调食品的色、形，追求食品的精美、饮食环境的优雅、主宾的相得、进食的良好气氛及进食礼仪和卫生等，较全面地提出了中华民族饮食审美的原则。这一时期总结出的饮食养生理论奠定了中国古代食养、食疗理论的基础。春秋战国时期的哲学家、政治家还特别喜欢以烹调为例，阐发哲理，讲解治理国家的道理，给饮食文化添上了一笔哲学、政治色彩。总之，春秋战国时期饮食文化各方面的内容都已齐备，给中国饮食文化的未来发展开辟了广阔的道路。

从横向看，在中国，无论是原料、器具等物质形态，还是制度、行为、心理、礼俗等精神形态，饮食文化内容都十分丰富。以饮食器具为例，早在新石器时代，我国就已经出现了如钵、碗、杯、斝、箪等陶制饮具，造型各具特点，富于地域文化特征。夏、商、西周至春秋战国时期，用青铜制造的酒器除杯、斝、觯等之外，还有角、爵、觚、壶等，造型精巧，纹饰多变，有些还铸有铭文，极富艺术和考古价值。秦汉至隋唐，在逐渐淘汰青铜器和陶器的同时，原始瓷、漆器以及其他质料的饮食器具大量涌现，其种类和式样之多，令人眼花缭乱。如西汉桓宽《盐铁论·散不足》中记载的“今富者银口黄耳，金罍玉钟。中者野王纻器，金错蜀杯”，就是用金、银、玉、夹纻、错金等质料和工艺制作的饮酒器。唐代饮食器具更为丰富，除用金、银、玉、石、玛瑙、犀角、竹、木等制作外，有的还利用螺、蚌等进行精巧加工装饰。唐代瓷器盛行于世，成为中国饮食器具的主流。当时产自浙江的越窑青瓷釉色类玉、类冰，被誉为“千峰翠色”，不但造型精美，而且器物众多。产于河北的邢窑，其烧制的瓷器色如白玉，号称“类雪”。宋、元、明、清时期，瓷制饮食器具全面发展。北宋以定窑、磁州窑、耀州窑、钧窑、龙泉窑、景德镇窑、建窑和越窑八大窑系的产品著称。明清时期的景德镇瓷器天下闻名，烧造技术已炉火纯青。这还仅是涉及历代饮食器具方面，如果详细讨论其材料、器形、功能、制作工艺及其文化、艺术内涵等，则更加博大精深。

三、优秀的传统

中国饮食文化在其悠久的发展历史过程中，形成了自己的优秀传统。归纳起来，集中在以下两点: 一是强调饮食原料从大自然中的取用与生长供给相平衡，反对无节制地滥采竭取；同时既注意原料的“择优选用”，又强调原料的“物尽其用”。从西周开始，中国人就注意到饮食原料不是取之不尽、用之不竭的，必须注意保护和适时、适量取用，这样才能保证原料供给的稳定。如在动物繁衍期间，不能进入森林、湖、河猎取捕捞；不到季节，不能采摘正在生长的蔬菜瓜果；动植物生存生长的环境要保护，不能竭泽而渔、焚林而狩。这些认识和做法直至今天也是十分正确的。对已得到的原料，既要选择其中品质优良者烹制出精美食品；也要对其中品质较差者因材施用，烹制出可口食品。所以在中国，用动物的内脏、脚爪，植物的边叶皮须，也能做出受人喜欢的美食。

这一点又是中国人崇尚节约、反对浪费的优良传统的体现。二是强调饮食养生要遵循大自然规律，与大自然保持一致，提倡薄味蔬食，主张“节饮食”和“守中”。中国人把饮食作为养生的主要手段，要求不违背天地阴阳变化、五行相生相克的运行规律，顺应自然规律。在饮食上，反对食物过于丰厚，进食要有节制，饮食要恰到好处。在今天看来，也是符合营养不能过剩，热量不能摄入过多，不可暴饮暴食的健康饮食理念的。此外，还有其他一些优秀的传统，如提倡文明的饮食礼仪和饮食卫生习惯，重视饮食伦理道德等。

四、鲜明的民族特色

（一）烹饪原料的广泛性

中国烹饪使用原料广博，是世界其他民族不能比拟的。一方面，是由于中国幅员辽阔，南北跨越寒温带、中温带、暖温带、亚热带、热带，东西递变为湿润、半湿润、半干旱、干旱区，高原、山地、丘陵、平原、盆地、沙漠等各种地形地貌交错，形成自然地理条件的复杂性和多样性特征，从而决定可食用原料品种分布的差异性和丰富性。另一方面，中国人在“食为民天”的思想指引下，始终关注饮食，解决老百姓的吃饭问题是数千年来中国人的头等大事。因此中国人对可食原料的开发极为广泛，不管是禽兽鳞介虫、肉骨筋爪皮，还是蔬果瓜菌藻、根茎花叶实，只要可食，都入食谱。

（二）烹饪技艺的精湛性

中国菜品在烹饪制作时对原料的选择、刀工的变化、菜料的配制、烹饪的方法、调味的运用、火候的把握等方面都有特别的讲究。所选择的原料要求非常精细、考究，力求鲜活，不同的菜品要按不同的要求选用不同的原料，同时注意品种、季节、产地和不同部位的选择。中国烹饪精湛的刀工古今闻名，厨师们在加工原料时讲究大小、粗细、厚薄一致，以保持原料受热均匀、成熟度一样；历代厨师还创造了批、切、锲、斩等刀法，能够根据原料特点和菜肴制作的要求，把原料制成丝、片、条、块、粒、茸、末和麦穗花、荔枝花、蓑衣花等各种形状。善于根据原料的特点，采用不同的烹饪方法和巧妙的配制组合制成美味佳肴。中国菜肴的烹调方法变化多端，如炸、熘、爆、炒、烤、烹、烙、炖、焖、煨、焐、煎、腌、卤以及拔丝、挂霜、蜜汁等，折射出中国饮食的丰富绚丽。中国菜肴的口味之多，也是世界上首屈一指的。中国各地都有自己独特而可口的调味味型，如为人们所喜爱的咸鲜味、咸甜味、辣咸味、麻辣味、酸甜味、香辣味以及鱼香味、怪味等。另外在火候上，根据原料的不同性质和菜肴的需要，灵活掌握火候，并运用不同的火力和加热时间的长短，使菜肴达到鲜、嫩、酥、脆等效果，并根据时令、环境、对象的外在变化，因人、因事、因物而异。高超的烹饪技艺为中国饮食的魅力与影响夯实了基础。

（三）独特的审美观

中国饮食文化中的审美，集中表现在对食品的审美评判和饮食活动的综合审美两个方面。对食品的审美评判标准一般概括为色、香、味、形、器、名六个字，即食品的颜色美观而诱人食欲，香气扑鼻，味道好吃，形状悦目，器具和食品相配和谐有美感，食品的名字有意趣。现代又增加了质、养、卫三项，即口感好、富于营养、卫生。在饮食活动的综合审美方面，讲求时间美、环境美、心情美、行为美和食物美的统一。不但享受了美食之美，而且使人在优雅的环境、融洽的气氛中心情愉快，精神上得到大满足。东晋王羲之《兰亭集序》中饮宴的场面，文人雅集于兰亭，在清凉激湍之处，流觞曲水，列坐其次，一觞一咏，畅叙幽情，体现了一种清雅之美（图1-4）；唐代王勃《滕王阁序》中宴会的盛况：“睢园绿竹，气凌彭泽之樽；邺水朱华，光照临川之笔”；宋代苏轼《前赤壁赋》中的泛舟小饮，风月肴核，诵诗作歌；明清时盛行的旅游船宴，人们身处船中，一边饱览沿途风光，谈笑风生，一边猜枚行令，品尝佳味；清代曹雪芹的小说《红楼梦》中更有许多宴会场面，都体现了中华民族的饮食情趣。我国的饮食文化传统，把饮

图1-4
曲水流觞·兰亭修禊图（局部）

食与美术、音乐、舞蹈、戏剧、杂技等艺术欣赏相结合，既是一种美好的物质享受，又是一种高雅的精神享受。

五、层次丰富、结构完整

中国饮食文化是一个庞大的系统，整个系统构件齐备而层次清楚，结构完整而组合有序。

如风味流派，它是以原料、工具、烹调方法等物质、技术条件为依托，经过一定的时间，在一定空间、群体范围内形成的一种具有风尚性质的文化现象，属于饮食礼俗之下的子系列中的一个组成部分。这一子系列由地域风味流派、民族风味流派、宗教风味流派、市肆风味流派、仿古风味流派等流派组成。而其中的每一风味流派之下，又由很多细分的风味流派组成，如地域风味流派，由广东、四川、山东、江苏、浙江、湖南、安徽、福建等地方风味流派组成。地方风味流派下，还有更细分的风味流派组成，如广东风味流派之下，有广州风味、潮汕风味和东江风味等主要流派。不但地域风味流派层次丰富，民族、宗教、市肆等风味流派也是如此。

中国传统饮食文化的结构异常稳定，在其形成后，千百年来，无论是中华民族之中各民族饮食文化的相互影响，还是西方饮食文化的冲撞，不但没有改变它的基本框架结构，而且使它的系统种类越来越繁多、层次越来越丰富、结构越来越稳定。

六、开放包容、兼收并蓄

中国历史上不管历代王朝如何兴衰更替，也不管内部和外部民族冲突如何激烈，民族之间的饮食文化交流从来没有中断过，而且恰恰由于这种特殊的历史环境，更加速了中原和边远地区、汉族和少数民族之间、中华民族和世界各民族之间饮食文化的交流，使中国饮食文化内容更加丰富多彩。在这些交流中，中国饮食文化展现了其博大的胸怀，显示了开放包容、兼收并蓄的大家风范。如汉朝时期北方“胡食”传入长安，灵帝和皇亲国戚大吃“胡食”，一时“胡食”之风盛行。在唐王朝的200多年间，西域的“胡食”一直风行长安，不仅官僚贵族、文人骚客喜爱“胡食”，就连平民百姓，也喜欢“胡食”。元代南北大城市里有专门经营少数民族风味的饭馆。

中国的饮食文化也极大地影响了周边的国家和地区，以至西亚、欧洲、美洲等地。如春秋战国时期，现在的越南、泰国等地就受到中国饮食之风的影响。秦汉至明清的2 000年间，现在的日本、朝鲜、越南、泰国以及欧洲、美洲各地都不同程度地受到中国饮食原料、烹调工艺、食品风味的影响。比如现在日本的茶种就是由唐代入华求法的日本高僧最澄带回去的；日本茶道也是在唐宋时期中国茶道的基础上形成的；制豆腐之法则是由鉴真东渡日本时带过去的。总之，日本的食谱、食典、食法、食俗等均可见中国饮食文化的痕迹。近代以来，中国餐饮更是进军欧美，走向世界。到现在，全世界几乎所有的国家，甚至很多国家的中、小城镇都有中餐馆。

中国饮食文化的开放包容、兼收并蓄，使外来饮食文化如潺潺流水汇入中国，成为中国饮食文化不断发展壮大的养分。同时，随着中国改革开放的不断深入，对外开放水平的不断提高，中国饮食文化也如春雨般润物细无声地洒遍世界，成为世界认识和欣赏中国文化的重要窗口，展示出中国饮食文化的魅力和气度。

趣味链接

筷子的故事

筷子，古称箸、梜，通常由竹、木、骨、瓷、象牙、金属、塑料等材料制作。筷子发明于中国，是中华民族饮食文化的标志之一，也是世界上常用餐具之一。中国人使用筷子的历史非常悠久。中国考古发现的最早的筷子是河南省安阳市殷墟出土的铜筷子。《韩非子·喻老》言：“昔者纣为象箸而箕子怖。”商纣王为商朝末期的国君，可见3 000多年前的中国就已经出现象牙筷子。

随着中国饮食文化的国际化和世界各国饮食文化的交融，筷子也在全球范围内流行，并成为代表中华饮食文化的象征之一。除中国人外，世界上以筷子为日常饮食工具的主要有朝鲜、韩国、日本、越南、新加坡和马来西亚的华人。

随堂测验

一、单项选择题

1. (　　)指各地区、各民族、不同宗教信仰的饮食风俗及由饮食风尚习俗而形成的各种风味流派等。

A. 饮食礼俗　B. 饮食心理　C. 饮食制度　D. 饮食消费

2. (　　)指不同历史时代，不同民族、宗教等制定的与饮食相关的制度、规范。

A. 饮食礼俗　B. 饮食心理　C. 饮食制度　D. 饮食消费

3. (　　)指以饮食市场为对象，通过对饮食商品与市场消费关系的研究，来认识和探究人们的饮食消费心理、价值取向及饮食市场的发展规律。

A. 饮食礼俗　B. 饮食心理　C. 饮食制度　D. 饮食消费

4. (　　)指人由于饮食需要产生的心理需求，如要求、愿望、情趣等。

A. 饮食礼俗　B. 饮食心理　C. 饮食制度　D. 饮食消费

5. 中国最早出现“文化”一词是在(　　)中。

A.《说苑·指武》　B.《周易·贲卦》

C.《礼记》　D.《论语》

二、多项选择题

1. 饮食文化的特征包括(　　　)。

A. 融合性　B. 阶层性　C. 民族性　D. 地域性　E.时代性

2. 中国饮食文化的基本特征包括(　　　)。

A. 历史悠久、源远流长　B. 文化积淀深厚、丰富多彩

C. 优秀的传统、鲜明的民族特色　D. 层次丰富、结构完整

E. 开放包容、兼收并蓄

3. 中国饮食文化具有极其鲜明的民族特色，主要表现在(　　　)。

A. 烹饪原料的广泛性　B. 烹饪技艺的精湛性

C. 独特的审美观　D. 地域特色明显

E. 历史积淀深厚

4. 中国古代饮食器具以瓷器最具特色，享誉世界。北宋时期，瓷器制造有八大著名窑口，又称八大窑系，其中包括(　　　)。

A. 越窑　B. 邢窑　C. 龙泉窑

D. 定窑　E. 景德镇窑

5. (　　　)是由中国传入日本的。

A. 茶种　B. 茶道　C. 制豆腐之法　D. 筷子　E. 玉米

拓展应用

请课后查阅相关资料，并结合自身感悟，举例说明中国饮食文化的某一特征。

单元导读

从北京人时期用火烧烤食物开始，中国历经曲折而漫长的发展，最终形成了现如今光辉灿烂的饮食文化，成为中国优秀传统文化的重要组成部分。本单元主要介绍了中国古代饮食文化的萌芽期、形成期、发展期、成熟期的主要表现以及近现代和当代中国饮食文化的发展。

学习目标

- 掌握中国饮食文化的发展历程。
- 了解各个时期中国饮食文化发展的主要表现。

中国饮食文化发展

中国古代饮食文化的发展

● 主题导入

以下是几件颇有趣味的事：

天上打雷闪电，引燃了森林大火。一些来不及逃命的禽兽被活活烧死在烈火中。火灭了，在余烟残火里，原始人发现了被烧焦的动物尸体，因为饿了，偶尔撕下来一块塞到嘴里，虽然有些烟熏气，但竟然比流着血的生肉好吃多了，也容易消化多了。原始人便思考起来，趁着还有余火，故意把打猎弄到的肉烧熟吃……

据传酒是杜康或仪狄发明的，但有的人不这么看。据说在自然界，天然就会有“酒”——某些含糖的水果可以自己发酵“酿”成酒。二十世纪五六十年代，新疆有一个叫“果子沟”的地方，每到秋天，就会有很多无人采摘的野果掉到地上，一层又一层，便慢慢变成“美酒”。走进沟里，不用喝，扑鼻酒气就可以让人醉倒。传说中还有以果蜜“酿”成的“猿酒”。

传说中国古代有一个名叫宁封的人，偶然在火灰中得到烧过的硬泥，遂悟制陶之理。还说他曾做过黄帝时期管理陶器生产的官呢。

● 讨论

饮食文化既然是『人』创造的，那么，雷电引燃的森林之火烧死的野兽、大自然『酿』成的酒与饮食文化有何关系呢？陶器发明的起因真是上面所说的那样吗？通过本主题的学习，试着找出你的答案。

中国古代饮食文化历史悠久，源远流长，从原始社会的萌芽时期开始，经历了形成、发展、成熟时期，是世界文明古国中唯一环节完整、继承连续而没有中断的饮食文化。

一、中国古代饮食文化的萌芽期

中国饮食文化的萌芽时期从史前的旧石器时代一直延续到新石器时代，是一个长达几十万年的漫长的历史阶段。在这一时期，饮食文化的萌芽主要表现在以下五个方面。

（一）火的利用

距今两三百万年，人类从古猿中分化出来，实现双腿直立行走，双手能够进行劳动，以打制的石器为主要工具，但是饮食方式同其他动物并无太大区别，主要以采集和渔猎获取食物原料，处于茹毛饮血的生食状态。经过漫长的岁月，原始人渐渐发现被野火烧熟的野兽和坚果焦香扑鼻，并且容易咀嚼，人类结束生食时代的钟声敲响了。

通过无数次的尝试和失败，原始人逐渐学会利用自然火，并进一步懂得了如何保存和控制火种。在中国，这一历程发生在距今约70万至20万年的北京人时期。当历史进入旧石器和新石器时代交替之时，中国原始先民们学会了人工取火。上古燧人氏钻木取火的传说，便是这段历史的形象反映。对火的利用是人类饮食史上的第一个重大突破，从生食到熟食的转化是人类发展史上一个重要的里程碑，可以说是人类饮食文化的起点。

（二）原始农业、畜牧业的出现

在新石器时代，由于生态的变化和人口增加，大自然的野生动植物不再能够满足原始人生存的需求，于是农业和畜牧业开始萌芽，开创了“刀耕火种”的农业文明。大约在一万年前，中国农耕文明开始出现。中国迄今已发现新石器遗址有1 000余处，几乎遍布全国，特别是黄河流域和长江流域，北方黄河流域以旱地的粟生产为主，南方则是在长江流域以水稻生产为主，这两大流域便成为中华文明的摇篮。我国也因此成为世界上最早培植粟和水稻的国家之一。

中国也是最早驯化猪、犬、鸡等家畜、家禽的国家。考古研究证明，猪是最早被驯化的家畜。从广西甑皮岩遗址出土的猪骨算起，我国已有近万年的驯化、饲养猪的历史了。今天通过对比野猪和家猪的体形，可以看出，野猪前躯较长，约占70%，后躯短小，约占30%。在人工饲养的漫长历史过程中，不断改良的家猪，前躯和后躯逐渐发展为约各占50%，而今天猪的体形前躯缩小到35%，后躯则增大到65%。从河姆渡遗址出土的绘有猪纹的陶钵上可以看出，那时候猪的体形已经与现代家猪十分相似，已不再是野猪的原有形态（图2-1）。中国人多种粮食加肉食品种的饮食格局，早在史前时代便已形成。

图2-1
浙江河姆渡遗址出土的猪纹陶钵

（三）陶器的发明

人类最初用火熟食时并没有使用炊具，而是直接将猎获和采集的食物原料放在火上烤熟或放在火灰中烧熟食用。在这漫长的烤烧食物过程中，聪明的先民偶然发现泥土经过火烧会变得异常坚硬，而且泥土能够塑造成各种形状，由此启发人们开始制造陶器。

早在近2万年前，我国南方地区就出现了世界上最早的与饮食或存储食物有关的陶器。约1万年后，随着农业的产生与发展，陶器更广泛地出现在长江、黄河流域和东北亚的很多地区。此后，釜、鼎、鬲、甑等炊具陆续出现，决定了中华民族数千年来烹饪技法以水煮、汽蒸为主。特别是蒸法的运用，标志着中国人早在史前时代就进入了饮食史上的“蒸汽时代”。原始先民在制作饮食器具的过程中，在器表装饰纹样，或塑造仿生形象，产生了最初的造型和图画艺术。

趣味链接

陶甑的出现

考古工作者在距今6 000多年的西安半坡遗址中发现了这样一件神秘的陶器，它的底部有7个长方形孔眼，每个孔长约1厘米、宽约0.7厘米，一般跟陶罐、陶盖配套使用。蒸饭时，先在陶罐里装水，再在这个器物里装上生食，将其放在陶罐上，最后盖上陶盖。陶罐底部架柴点火，水烧开后，蒸汽通过小孔进入到器物的内部，从而将食物加热、蒸熟。经学者们研究发现，这就是史前人类用来蒸食物的“蒸锅”——陶甑（图2-2）。

图2-2
陶甑

陶甑的出现结束了人类只能吃烧烤和煮熟食物的历史。《古史考》中有“黄帝作釜甑”“始蒸谷为饭，烹谷为粥”的记载。其实就是表明早在新石器时代人类就已经意识到了水的物理变化，学会了利用蒸汽加工食物，揭开了人类饮食史的新篇章。

（四）炉灶的形成

新石器时代也出现了中国最早的炉灶。在西安半坡遗址中，有一种双连地灶，是在地上挖两个火坑，地面两坑相隔，地下两坑相连，其中一坑是进柴火的地方，另一坑为出火之处，这就是最初的炉灶雏形，虽然简陋，但是相比平地上的火塘已经是很大的进步。随着制陶业的发展，人们用陶土烧造出轻便小陶炉。它正面有一个加火的炉门，上面的灶口在接近边沿的内壁上还做了三个用以支撑的乳突，可将釜放在上面配套使用，烹饪时可以直接在灶内生火，于釜内烹煮。由于体积不大、搬动自由、使用简便，这种陶釜灶受到了人们的广泛接受和普遍认可，不断得以沿用（图2-3）。

图2-3
距今7 000年左右的仰韶文化陶釜灶

(五) 调味品的诞生

有了陶器，调味品的产生与发展才有了可能。据考证，世界范围内，古代中国的制盐工艺起源最早，在先秦时期的重要著作《世本》中记载“夙沙氏煮海为盐”，是中国制盐的最早文字记录。史学家推算，早在炎黄时期，中国人便开始煮海制盐，而记载中所提到的夙沙氏，就是海水制盐的鼻祖，他通过煎煮的形式把海水煮成卤水，再煎制成盐，被后世尊为“盐宗”。

煮海为盐的技术为原始人类提供了稳定的食盐来源。食盐有多种用途，除了调味之外，还有杀菌消毒、储藏食物、治疗疾病等作用，最重要的是为人体提供能量，提高了人的生产活动能力。熟食加上调味品，人类的食品之味才开始丰富多彩起来。盐的使用，是中国饮食文化中继火的利用之后的第二次重大突破。

趣味链接

盐的种类

中国古代的食盐因盐资源种类的不同，大致可分为海盐、湖盐、井盐、矿盐四大类，由此而发展出了各种不同的制盐技术。

(1) 海盐。以海水为原料晒制而得的盐。

(2) 湖盐。湖盐又称池盐，从盐湖中直接采出的盐和以盐湖卤水为原料在盐田中晒制而成的盐叫作湖盐。内陆的盐湖，由于受干燥气候影响，能够自然生成结晶盐。

(3) 井盐。通过打井的方式抽取地下卤水进而制成的盐。在历史上，四川省自贡市以盛产井盐著称。

(4) 矿盐。开采岩盐矿床制得的盐叫作矿盐，也叫石盐或者岩盐。

二、中国古代饮食文化的形成期

夏至战国共约1 800多年，是中国历史上奴隶制社会以及由奴隶制社会向封建制社会转变的时期，也是探索中华文化起源的关键阶段。这一时期，私有制和阶级的出现，推动了社会经济的发展。青铜器的使用，商业的出现，饮食礼俗的形成，饮食思想的发展使中国饮食文化迈向更高层次。

(一) 烹饪原料范围扩大

进入阶级社会，尤其是商代以后，人们逐渐掌握了天文历法知识，青铜工具在生产上普遍得到运用，农业生产力增长很快。到了周代，食物资源进一步扩大，粮食作物已经五谷齐备。北方黄河流域主要种植黏性高、口感好、产量低的黍以及口感差、产量高的稷，南方长江流域则主产稻米。从《诗经》《山海经》中可看出，当时蔬菜瓜果种植已颇具规模，产量和品种都非常丰富。从夏代时期就已开始种植的蔬菜(如韭菜和油菜) 以及瓜果(如梅、杏、桃、枣等)，至今仍是我国栽培的重要农作物。商代开始已有果园和菜园，此时水果具有休闲食品的特征，成为人们茶余饭后的零食，不再是充饥之物。

夏、商、周时期，畜牧业已经成为重要的经济部分，一个国家或族群的富强与否，跟他们饲养的牲口数量多少有直接的关系。当时已经有了马、牛、羊、猪、狗、鸡这六畜，今天人们还用“六畜兴旺” 来形容生活富足。因为牲口数量众多，所以祭祀中也常用牲口，一次祭祀用上百头牲口的情形非常多，最多的一次祭祀用了上千头牛。当时专门为放牧规划了场地，也有专门从事放牧业的人。据《周礼》记载，当时官方对畜牧业有相当严密的分工。因为战争、狩猎及交通的原因，马匹在当时最受重视，成为六畜之首。当时人们对肉类的需求量非常大，所以除了养殖之外，捕猎也是重要的肉食来源。《周礼》中有“庖人掌共六畜、六兽、六禽，辨其名物”，说的就是周代宫廷里有专门的厨师负责烹制六畜、六兽、六禽，其中“六禽”指的就是六种专供皇帝及官宦权贵食用的野生鸟类，包括大雁、鹌鹑、鷚（黄脚三趾鹑）、雉（野鸡）、斑鸠、鸽子，“六兽”包括麋、鹿、熊、麇、野豕、兔。

这一时期，调味品的品种也大大增加。除了盐以外，出现了醯、酱、梅、蓼、芥、薤（小蒜类）、姜、桂、饴、葱、茶、蜜等新品种。

（二）烹饪器具不断更新发展

在饮食器具上，夏、商、周时期的最伟大成就之一就是实现了由陶器到青铜器的过渡。上层贵族们大量使用青铜来制作饮食器具，并形成了一套繁缛的饮食礼仪，以区别等级身份，即所谓的“列鼎制度”。

当时青铜饮食器具的分工也逐步明确，主要有鼎、鬲、甗等炊具，簋、簠、豆、盘等盛食器，匕、刀、勺等刀具。另外还有种类繁多的酒具，包括樽、觚、彝、罍、瓿、斝、卣、壶等盛酒器和爵、角、觥、觯等饮酒器。在商代殷墟妇好墓中出土的近200件青铜礼器中，酒器占了70%，可见商代贵族的好酒之风。

青铜器的使用弥补了陶器的不足。与陶器相比，青铜器不仅具有可塑性、不易破碎和不易变形等特性，而且硬度更高，传热性能更好，为煎、炸、涮等烹饪技艺的出现奠定了基础。当然青铜器并未完全取代陶器，陶器依旧是大多数人常用的饮食器具。除了陶器、青铜器外，精致的漆器、象牙器、木器、骨器和玉石器等也登上了筵席和祭祀礼席。

趣味链接

列鼎制度

周人敬天祭祖，以宗法制作为政治权利和社会生活的基础。在祭祀和宴饮活动中，根据地位身份使用不同数量的鼎和簋，即“列鼎制度”。按照文献记载，天子使用九鼎八簋，诸侯使用七鼎六簋，卿大夫使用五鼎四簋，高级的士是三鼎两簋，低级的士用一鼎。鼎中盛放牛、羊、猪、鱼等肉食。簋是用来盛放黍、稷、稻、粱等主食。

“夫礼之初，始诸饮食”，青铜时代礼器的组合，彰显着西周社会的繁复礼仪，折射出各级贵族的尊卑有序，也展现了中国饮食文化与礼仪文化密切相关。

（三）烹调工艺取得新的成就

夏、商、周时期，烹饪方法的突出成就，体现在改进和完善烧烤、水熟法的基础上新增加了油烹和滫瀡（勾芡上浆）两种新技法。因为青铜刀具的使用，厨师的刀工技艺已达到了相当高的水平。《庄子·庖丁解牛》篇描述了庖丁“游刃有余”的刀工绝技。虽然是寓言，但从中可以看出当时的刀工技艺确实相当高超。

对调味的讲究在《吕氏春秋·本味》篇中有全面体现，“凡味之本，水最为始。五味三材，九沸九变，火为之纪。时疾时徐，灭腥去臊除膻，必以其胜，无失其理。调和之事，必以甘、酸、苦、辛、咸。先后多少，其齐甚微，皆有自起”。甘、酸、苦、辛、咸这五味调和的理论在当时已具雏形。

（四）饮食产品空前丰富

从《周礼》《礼记》等文献可知，当时的食品可以分为饵、糍、糗、粉等主食类，炙、羹、齑、脯、脍、胙、菹、醢等菜肴类。《周礼·天官》记载了我国最早的名菜——“八珍”，包括淳熬（煎肉酱盖浇米饭）、淳毋（煎肉酱盖浇黍米饭）、炮豚（包烤乳猪）、炮牂（包烤羊羔）、捣珍（捶打后煮熟再揉软的肉）、渍（酒浸生牛肉片）、熬（生腌肉干）、肝膋（烤狗网油包狗肝）。除八珍外，还有“三羹”“五齑”（切碎的菜）、“七菹”（腌菜）等名食品。

（五）筵宴初步发展和饮食市场形成

筵宴是由原始的聚会和祭祖祭神等需要而产生的。殷商时代，因为对自然现象认识的不足，人们特别相信鬼神，祭祀鬼神的筵宴非常多。相传夏代筵宴已有场面宏大、表演性强且编排有序的宴乐、宴舞，但缺乏史料考证。商代筵宴一般称为“飨”，王所飨的对象主要是皇亲国戚、诸侯、重臣武将等。其目的是对内拉拢感情，对外亲和交好，彰显威仪气派。到了周代，生产力进一步发展，食物原料日渐丰富，筵宴名目也发展到朝会、朝聘、游猎、出兵、班师等国家政事及民间生活的各个方面，而且筵宴的礼仪内容规定详细严格。

由于生产力的发展，剩余产品的交换，贸易的兴起，这一时期饮食市场开始出现，如朝歌屠牛、孟津市粥、宋城酤酒、燕市狗屠、齐鲁市脯，都是当时各诸侯国有影响的饮食经营活动。据《周礼·地官·遗人》记载，国内的大道上，每十里设一庐舍，每一庐舍中都有饮食供应。

（六）烹饪理论初露端倪

夏、商、周三代到春秋、战国时期，中国烹饪理论雏形逐步形成。《吕氏春秋·本味》是中国烹饪理论的开山鼻祖。《周礼·天官》《礼记·内则》对中国早期的烹调技术做出了高度的总结，从原料的选择、刀工的使用，到菜品的烹制、火候的掌握、口味的调剂以及菜品的色、香、味、形等要求都有了一般性的规范，许多观点至今仍有借鉴价值。

趣味链接

厨师之祖——伊尹

伊尹是商朝开国元勋，辅政三代五朝，是中国历史上第一位有文字记载的帝师贤相，被后人尊称为“商元圣”。他自幼勤学上进，喜欢研究尧舜之道，跟随养父学习烹饪，成为精通烹饪的大师，被誉为“中华厨祖”，并由烹饪而通治国之道。

《史记·殷本纪第三》记载：“伊尹名阿衡。阿衡欲奸汤而无由，乃为有莘氏媵臣，负鼎俎，以滋味说汤，致于王道。”

伊尹背着鼎上朝，拿烹调美食作为例子，给商汤讲治理国家到达和谐境界的道理和方法。伊尹认为：治理国家就像把各种各样的原料制成美味一样，需要把各种各样的人和事纳入治理的范围和轨道，使其成为社会的有机、有序组成部分。促使这一转化的条件就是“三材”（原料、火、水）、五味（甘、酸、苦、辛、咸）等物质以及调味技术和火候的把握。不相容的水、火通过鼎而相辅相成，社会各方面的利益冲突和结合也必须像烹调一样通过协调的手段达到。治理国家也需要各种各样的物质、精神基础及相应的手段。调味时五味的先放后放、用火何时慢何时快，都有一定之规，治理国家也要注意到社会情况形形色色、错综复杂，有很多“精妙微纤”的、只可意会不可言传的变化随时发生。处理问题孰先孰后、时机何时成熟等，都要根据实际，在“度”上予以准确的把握。这样才能出现关系和谐、秩序安定的社会局面，就像一道美味佳肴人人都喜欢一样。

（七）饮食养生理论体系开始建立

《黄帝内经》和《神农本草经》保留了大量上古先民的养生保健经验，饮食养生理论体系初步建立。《神农本草经》所列365种药中一半以上既是药物也是食物。西周王室在宫廷内设有“食医”，负责为天子调剂饮食，研究饮食保健。《周礼·天官·疾医》记载:“以五味、五谷、五药养其病。”“五谷为养，五果为助，五畜为益，五菜为充”的中国传统饮食结构在当时已经形成，这一饮食结构框架一直延续至今。

三、中国古代饮食文化的发展期

秦始皇统一六国，结束了春秋战国诸侯割据称雄的时代，建立了中国历史上第一个统一的中央集权的封建帝国。从秦汉至隋唐，在历经千年的封建文明社会发展时期，中国饮食文化承上启下，伴随着封建王朝盛衰更替，在起伏中不断发展前行。随着生产技术的发展，铁器逐渐取代青铜器；对外贸易与交流，使得烹饪原料进一步丰富；多民族的统一，使得烹饪技艺融汇提升；在烹饪实践发展的基础上，烹饪理论研究也进入了新的阶段，大量烹饪专著出现，饮食养生理论体系不断完善，为中国饮食文化走向成熟开辟了道路。

（一）烹饪原料继续拓展

秦统一中国后，生产力有了很大的发展，人们的饮食水平也相应提高，出现了许多新的烹饪原料。《盐铁论》记载，汉代已掌握了温室培育技术，冬天也可食温室蔬菜。随着汉代张骞出使西域，开辟丝绸之路之后，中外经济文化交流逐渐频繁，一大批来自中亚、西亚地区的水果蔬菜，如胡瓜(黄瓜)、胡蒜(大蒜)、胡荽(芫荽)、胡麻(芝麻)、胡桃(核桃)、胡葱、石榴、无花果、蚕豆、豌豆、胡豆(豇豆)、蒲桃(葡萄)、苜蓿、茉莉、槟榔、五敛子(阳桃)、奈(绵苹果)等引入中原，给中国的饮食发展提供了新的物质条件。

豆腐的发明更是中国为人类饮食文化发展做出的又一大贡献。豆腐别称黎祁，相传是汉景帝在位时，淮南王刘安发明。刘安在八公山上烧药炼丹的时候，偶然以卤水点豆汁，从而发明豆腐。1959—1960年，考古工作者在河南密县打虎亭发掘了两座东汉晚期(2世纪左右)的汉墓。经过专家对墓中画像石的实地考察和研究，认为画像石反映的是生产豆腐的场面，中间包括了有浸豆、磨豆、滤浆、点卤、压榨等画面(图2-4)。豆腐的发明，丰富了整个人类的饮食。豆制品作为副食也丰富了传统菜肴的花色和品种，豆腐、豆豉、豆浆、豆酱等至今仍被人们食用。

在汉代，人们已使用植物油来烹制菜肴，逐渐取代动物油脂。《齐民要术》记载，魏晋南北朝时期，人们用胡麻、大麻、芜菁等的籽实来榨油。《三国志》

图2-4
河南打虎亭一号汉墓石刻画像摹本

中也有用“麻油”烹饪菜肴的记载。唐代还有专门走街串巷的卖油人。原产于中国可用于榨油的作物有大豆、大麻、杏仁、核桃、南瓜子等。植物油的出现，使得油煎烹饪名品大增。此外，汉代调味品中还新增加了豉和蔗糖等。至魏晋南北朝，在烹调时还把石榴汁、橘皮、葱、姜、蒜、胡椒等作为调料放入菜肴。

隋唐时期随着航海事业的发展，可食用的海味品种增多。唐代进入食谱的海产已经有海蟹、海蜇、比目鱼、乌贼、玳瑁、鱼唇等。

（二）能源和饮食器具有了新改进

1. 能源

用煤做燃料是这一阶段能源的新突破。中国是世界上最早用煤做燃料的国家。汉代已用煤来炼铁。烹饪用煤则是在东汉，但还不普及。到南北朝时，北方的家庭已盛行用煤来烹制食物。唐代，煤已成为全国常用的燃料。

2. 炊具

春秋战国时期出现了铁制器具，西汉得到了普及，至此中国的饮食文化进入了广泛使用铁制炊具的发展时期。铁锅和铁刀的出现为烹调方法和刀工技艺的进步创造了必要的物质条件。

在汉初，列鼎而食的习俗逐渐消失后，人们开始在地面上用砖或泥砌制炉灶，较之前在地面上挖成灶穴的土灶进步许多。汉魏时期炉灶有盆式、杯式、鼎式等造型，种类丰富，以长方形连眼台灶居多，由垂直向上烟筒变为曲长烟道。南方炉灶多为星船形，北方炉灶则在灶门上砌直墙或坡墙作为灶额，灶额高于灶台。到南北朝时期，民族融合加强，南方炉灶上也出现挡火墙。南北朝时期还出现了可以烤制食物的烤炉，唐代出现了专门烹茶的“风炉”。

3. 餐具

商、周时期使用的青铜器在这一时期开始逐渐退出贵族筵宴舞台，取而代之的是木制漆器食具，百姓则用陶器。两汉以后，人们发现漆器既不耐用也不卫生，且制作成本高、价格昂贵，一般百姓用不起，因此漆器并未得到普及。到魏晋南北朝时期，制瓷业开始兴起，唐代步入繁荣阶段。瓷器具有成本低、干净美观、盛放食物安全无毒等优点，作为餐具可使菜肴大为增色，因此在唐代成为餐具的主流，上至贵族、下至百姓，饮食皆用瓷器。唐代崇尚金银器，在长安设有颇具规模的官办金银作坊院，制作了大量精美的金银器具，其中就有餐具，主要有盘、碗、碟、杯、盆、壶、罐、盒、茶托等，外形极为美观，制作工艺也极为细致讲究。

（三）烹饪技艺显著提高

秦汉以后，烹饪分工日趋精细。汉代烹饪技术出现了两大分工，即炉、案的分工和红案、白案的分工。由于这两大分工，促进了这一时期烹饪技术的进一步提高。刀工技艺已发展到了十分高超的水平。“蝉翼之割，剖纤析微。累如迭縠，离若散雪。轻随风飞，刃不转切”，原料切片薄如蝉翼，可以清楚看到细细的纤维，叠起来好像是一层层丝织的薄縠，风一吹好像飞雪一样飘起来。虽然有些文学性的夸张，但的确反映了当时的刀工水平。

思考与讨论

为什么炒这一烹饪技法在南北朝时才有？它的出现需要满足什么条件？

汉代面点技术不断提高，出现了面条、饺子及发酵面制品。粮食类制品出现了粽子、胡饭等。主食品种主要还有饼、饵、粥，同时也出现了点心类食品。现在常见的烤烙、蒸、煮、炸四种制饼方法在隋唐时期均已出现。在南北朝时期，人们开始有意识地使用色素提升菜品的美感。隋唐时期开始出现凉菜及拼盘，尼姑梵正仿照诗人王维的居所“辋川别业”制作的大型风景拼盘“辋川小样”，是用酱肉、酱瓜之类的食物，把“辋川别业”中的泉水、山峦、湖、园林在食盘中拼制出来，可谓匠心独具，开我国花式拼盘之先河。

烹调方法大量增加，如汉代的杂烩、涮，唐代的冰制、冷淘，尤其是南北朝时开始出现的炒，引发了烹调技术的大飞跃。

（四）筵宴与饮食市场有显著发展

从秦汉至南北朝，筵宴日益盛行，无论是宫廷还是民间都有大摆筵席的习俗。贵族宴饮还配以乐舞、百戏来彰显贵族风范。魏晋南北朝时期，宴会大行“文酒之风”。如王羲之的曲水流觞、竹林七贤畅饮山林等，不仅推动了宴会的发展，对文人饮食流派的形成和发展也产生了一定影响。隋唐时期，筵宴的形式多样，名目繁多，规模庞大，菜点精美，如游宴、船宴等颇为独特，尤以唐代长安曲江的各种游宴为盛。

饮食市场的繁荣反映了一个时期的经济文化生活的兴盛。秦汉至隋唐时期，农业和手工业的大发展、都市的扩大、商业的繁荣，带动了酒楼、小吃店的日益兴旺。长安城里著名的食店有长兴坊的铧锣店、颁政坊的馄饨店、辅兴坊的胡饼店、长乐坊的稠酒店、永昌坊的菜馆等。“胡姬酒肆”具有少数民族特色，非常有名。在长安、扬州、苏州、杭州等地，还有饮食夜市，通宵达旦地营业。

趣味链接

唐代的豪华盛宴——烧尾宴

烧尾宴是唐代长安的一种特殊宴会。烧尾宴的用途有两种说法：一种说法是凡士人初任官职或升迁，亲朋同僚祝贺，本人陈置酒馔音乐，同庆欢乐，称之烧尾；另一种说法是高级官吏初任时，向皇帝献食，称之烧尾。

史载，唐中宗（656—710年）时，韦巨源官拜尚书令，在自己的家中设“烧尾宴”。宴会之后，韦巨源将“烧尾宴”的菜名、用料以及简要的烹饪方法，大致都记录了下来。其中菜点数量达到58种之多，选料、制作均十分考究，反映了唐代皇室和官僚贵族饮食的豪侈，如“素蒸音声部”是用面蒸制的70件像蓬莱仙子那样漂亮的乐舞俑面点，“生进二十四气馄饨”是外形花样和馅料各不相同的24种馄饨。

（五）饮食养生理论日臻完善

汉唐时期，涌现出一批精于烹饪的名家，并留下了大量烹饪典籍。有资料统计，从魏晋南北朝到隋唐五代时期出现的烹饪专著有50余种。《四时食制》《食经》《食次》等已部分失传，完整保留的有《饼赋》《四民月令》《茶经》等。另外在北魏贾思勰所著的农学著作《齐民要术》中也记载了很多饮食的内容。

饮食养生理论在这一时期也有很大的提升，如唐代孙思邈的《千金要方·食治》、孟诜的《食疗本草》等，根据中国传统医学的基本理论，探讨通过饮食达到保健治病的目的，从而总结形成了饮食养生理论体系。药膳也逐步发展起来，至隋唐时期已经达到相当高的水平，如唐代名医王焘的食疗方剂至今仍是药膳常用方剂。

四、中国古代饮食文化的成熟期

两宋至明清时期，中国科学技术持续发展，经济文化中心完成南移，随着北人南迁，民族融合趋势的加强，以及对外交流的扩大加深，中国饮食文化在各个方面都日臻完善，进入了完全成熟的时期。

（一）烹饪原料、饮食器具有新的突破

元代航海和水运事业的发展，使我国的海味食源越来越丰富，如鱼翅、海参作为高档原料使用，在元代登上了筵席。明代中叶，随着对外经济文化交流的扩大，一批海外农作物被引进中国，如花生、烟草、向日葵等经济作物，以及辣椒、番茄、南瓜、番薯、玉米、马铃薯、四季豆、菜豆、西葫芦、佛手瓜、腰果、番石榴、番荔枝、番木瓜等果蔬，总计多达百种。原产于秘鲁的辣椒在明代传入中国，最初只作观赏用，直至清乾隆年间，贵州和湖南等地居民才开始食用。辣椒的引进不仅增加了一种调料，改变了传统饮食中有辛而无辣的五味结构，还影响了云、贵、川、湘等地的食风。

炊具在宋代进行了改良。如宋代的镣炉（图2–5），外镶木架，下安轮子，可以自由移动，不用人工吹火，炉门拨火，清洁无烟，易于控制火候。宋代还使用多层蒸笼蒸制食品，节约了时间。金代时期双耳铁锅也已出现。元代食书《饮膳正要·柳蒸羊》中记载了一种用石头砌的地炉，其用法是先将石头烧热至红，置于炉内，再将原料投入烘烤。该书还提到了“铁烙”“石头锅”“铁签”等新的烹饪工具。明代以后，炊具的成品质量较之前有了很大提高，广东、陕西所产

图2–5
河南偃师酒流沟宋墓厨娘砖刻

的铁锅成为当时驰名全国的优质产品。到了清代，锅不但种类很多，而且使用得相当普遍。而烤炉也有了焖炉和明炉之分。宋代以后，瓷质餐具占绝对优势，器具更加雅致优美，布局精巧。《明史》载："膳食器皿三十万七千有奇，南工部造；金龙凤白瓷诸器，饶州造；朱红膳盒诸器，营膳所造。"清代餐具中，仍以瓷器为主流，除白瓷、青瓷外，还有多姿多彩的珐琅瓷和五彩瓷。

（二）烹饪技艺发展成熟

从宋、元时期开始，烹饪工艺从选料到加工，各环节基本定型，历经明、清两代的发展完善，整个烹饪工艺体系已完全建立。据考证，明万历年间已有100余种烹饪术语。明代厨师已全面掌握牲畜原料治净、分档取料的原理，普遍掌握吊汤技术，通过制作虾汁、笋汁提味的方法已成为厨师的基本技能。清代厨师用蛋清和淀粉挂粉上浆的方法与现代厨师所用方法基本相同。宋、元时期的面点制作，不仅可用冷、热、沸水和面，还可制作发酵面团、油酥面团，其成型技术已达到很高水平。据《素食说略》记载，清代的"抻面"可拉成三棱形、中空形、细线形等形状。清代扬州的伊府面就是将面条先微煮，晾干后油炸，再入高汤略煨而成的，形式和风格类似于当今的方便面。

宋、元时期，工艺菜品（包括食品雕刻冷拼和造型菜）开始蓬勃兴起。食品雕刻成为宋代筵宴上的亮点。《武林旧事》中记载，张俊宴请宋高宗的御宴上，"雕花蜜煎一行"共计12个品种。元代厨师重视菜肴中原料的雕刻，擅长运用刀工技术来美化原料。明代厨师制作的"鱼生"薄如蝉翼，红肌白理，轻可吹起。清代瓜雕代表着当时食品雕刻艺术的最高水平，乾隆时期的扬州筵宴上出现了"西瓜灯"，还有的将西瓜雕刻成莲瓣来装饰席面。

这一时期厨师在把握火候和调味方面，也颇有建树。《饮膳正要·料物性味》中记载元代的调味品已有近30种之多。明代厨师将火候以文、武这样颇有意味的字眼来形容。清代厨师把用油的温度划分为十成，以此判断油热程度，已能熟练把握多次油烹的重油复炸工艺。宋、元时期的厨师在烹调过程中已开始掌握复合味的调味方法。明代调味有糟油、腐乳、砂仁、花椒。清代后期，厨师们将番茄酱和咖喱粉用于调味之中。至此，已出现了姜豉、五香、麻辣、蒜泥、糖醋、椒盐等味型，今天的烹饪调味工艺中大多数的味型都是在这一时期定型的。

（三）饮食市场繁荣兴旺

两宋至明清的饮食行业随着都市的扩大，农业、手工业的发展，商业的繁荣出现了崭新的面貌。一是经营档次齐全，网点星罗棋布，不仅有酒楼、餐馆等大型饮食业，也有微型的饭馆和流动食档，饮食楼馆遍布城市各个角落，满足不同阶层人士的需要。二是经营方式灵活，不仅有综合性经营的酒楼，也有面店、茶肆、小吃等专一性的经营方式，并且营业时间延长，服务周到，分工精细。

都市饮食市场的繁华为饮食文化的推广提供了重要条件，饮食业者为追求利益，会千方百计满足食者的需求，当时南宋临安市场可供应宫廷菜肴50余种，南北名菜200余种，风味小吃300余种，其中“宋嫂鱼羹”“曹婆婆肉饼”“梅家鹅鸭”等闻名全国。进入元、明、清时期，“回族饮食”“满族食馔”等民族饮食开始大量出现在饮食市场。明代皇帝由朝廷出钱在酒楼宴请百官，更加促进饮食业的发展。

明、清时期，饮食业还与旅游业结合发展，出现船宴、旅游客舟。当时各地的旅游船宴名目繁多。有官宦人家自己定做的官船，船舱中有食、有座、有床，起居十分舒适；也有船家自己造的，包给官家做水路交通的；而比较多的则是在旅游风景之地的水道上经常出没的旅游客舟，像扬州、苏州均有“沙飞船”，特别是在风景秀丽、河网较多的江浙一带，如南京的秦淮河、杭州西湖、扬州瘦西湖、苏州虎丘、无锡太湖等均有可以供馔的游船。一般，船体华美宽敞，大的可容三席，小的亦可容两筵，船上以蠡壳嵌玻璃为窗寮，重檐走轳，有桌椅、香鼎和瓶花，非常精美典雅。船舱设灶，酒茗肴馔，无所不有。船菜、船点因此而兴起，成了一种专门的风味美食。清道光年间，苏州虎丘还出现过旅游餐馆，于旅游旺季开业、淡季歇业。

（四）筵宴已臻完善

宋代筵宴崇尚奢华，有春秋大宴、饮福大宴、琼林宴、皇寿宴等。其中以为皇帝祝寿的皇寿宴规模最为庞大。《东京梦华录》记载，皇寿宴上菜分九次，演出人数近2 000人，宴会服务者不计其数。

清朝时期，满汉饮食大融合，出现排场壮观的“千叟宴”“满汉全席”。千叟宴，因赴宴者为千名65岁以上的耆老而得名。据《御茶膳房簿册》记载，千叟宴一次就摆了800桌筵席。从静候皇帝开座就位、进茶、奉觞上寿到皇帝起驾回宫，整个程序烦琐，礼仪繁杂。满汉全席则是清代最著名、影响最大的筵宴。它兴起于清朝中叶，是满汉饮食合璧的筵席，包括大小菜肴108件，其中南菜54件、北菜54件，规模宏大，进餐程序复杂，用料珍贵，烹饪方法兼取满汉所长。满汉全席出现后，由宫廷传入市井，又称满汉大席，豪门富商皆以用满汉大席待客为荣。

趣味链接

舌尖上的宋韵

史料记载，绍兴二十一年十月甲戌，南宋中兴四将之一的张俊在宅邸宴请宋高宗，大摆筵宴，规模宏大，菜式丰富，令人叹为观止，号称中国烹饪史上最大、最完整的一桌筵席。

高宗赵构进张家后先坐下休息，上七轮共72道水果盘；然后下桌休息；宾主再上桌，又上了66道果盘。

水果秀之后，宴席才正式开始。首先是“腊脯一行”：八款腌腊食品。然后是“15盏”，即15轮劝酒，每轮上一干一湿两道菜，包括15道海、河鲜。15盏后有一组七个插食，类似主馔。包括炒腰花、烤肚肱、烤馒头、炖兔等。下面是午休时间，但宴席远未告终。

休息后有“劝酒果子”（各色水果）十道、“厨劝酒”（各式海鲜）十道。最后还有“细垒四卓”和“细垒二卓”（蜜饯和脯腊），“对食十盏”（各种羹、脍和“签菜”）。这200多种吃食有些是“看菜”，只为展示气派，但山珍海味俱全，南北菜式交融，彰显了南宋都城的繁华和贵族饮食生活的奢侈。

（五）饮食风味流派和地方菜逐渐形成

地方菜是中国菜的主体，其形成有着深远的生态背景、人文背景和区位背景。在地方风味菜馆发展的过程中，来自各地的餐饮经营者互相照应，自然结帮，在繁华的大城市开始出现“帮口”，形成独具特色的餐饮行业市场。宋代以后，饮食流派已渐成气候，出现北食、南食、川食等不同风味餐馆。清末徐珂编撰的《清稗类钞》载：“北人嗜葱蒜，滇、黔、湘、蜀人嗜辛辣品，粤人嗜淡食，苏人嗜糖。”“肴馔之有特色者，为京师、山东、四川、广东、福建、江宁、苏州、镇江、扬州、淮安。”可见，我国的四大菜系在清代已经逐渐发展成熟，地域性饮食流派已经形成。

在清代形成的稳定的地方风味流派中，最具代表性的是全国政治、经济、文化中心北京的京味菜，中国重要经济中心上海周围的江浙菜，黄河流域的山东风味菜，长江流域的四川风味菜，珠江流域的广东风味菜，江淮流域的淮扬风味菜。这些地方风味流派对清代以后的中国烹饪影响极为深远。可以说，现在所谓的“四大菜系”“八大菜系”就是在清代形成的稳定的地方风味流派基础上进一步发展起来的。

（六）饮食理论著述空前丰富

宋、元、明、清时期，特别是清代中国饮食专著特别丰富。中国烹饪发展的日臻成熟，为烹饪理论的全面总结奠定了基础。如宋代孟元老的《东京梦华录》、吴自牧的《梦粱录》、周密的《武林旧事》、耐得翁的《都城纪胜》、西湖老人的《西湖老人繁胜录》、沈括的《梦溪忘怀录》、林达叟的《本心斋蔬食谱》、林洪的《山家清供》、赵希鹄的《调变类编》等都记载了大量与饮食相关的内容。元代之后，专门的饮食专著开始大量出现，如倪瓒的《云林堂饮食制度》、无名氏的《居家必用事类全集・饮食类》、贾铭的《饮食须知》、无名氏的《馔史》、忽思慧的《饮膳正要》等。

明、清时期，饮食养生著作大量刊行，如明代刘基的《多能鄙事》、宋诩的《宋氏养生部》、龙遵叙的《饮食绅言》、高濂的《遵生八笺・饮馔服食部》、韩奕的《易牙遗意》等。清代有《随园食单》《养小录》《中馈录》《调鼎集》《闲情偶记・饮馔部》等。对后世影响最大的是袁枚著的《随园食单》，它是袁枚用40多年的时间写成的一部对中国饮食理论进行全面性总结的专著。它的出现，标志着中国传统饮食理论达到成熟阶段。

中国饮食文化的新发展

● 主题导入

改革开放以来，随着中国经济的高速增长，人民生活水平的大幅度提高，人们的饮食观念也发生了重大的转变：由对“味”的追求逐步转向对“营养”的追求。现在，人们对吃虽然还要求味道美，但是味道再美而营养不佳的食品显然越来越不受欢迎。对有机食品、绿色食品的青睐已经成为一种时尚。

在饮食的风味流派上，也正在发生着前所未有的变化。各种味型相互渗透、相互结合，出现我中有你、你中有我的现象；饮食产品一改以往某产品只生产于某地的状况，市场上可以购买到东部生产的西部腊肉、北方制作的南方汤圆。

● 讨论

通过以上文字的阅读，你认为中国饮食文化发展的方向在哪些方面表现为『趋同』，在哪些方面表现为『趋异』？结合本主题的学习内容与同学讨论一下。

近现代随着中国社会发生翻天覆地的变化，中国饮食文化在中西文化的碰撞中经历了重大转折。中华人民共和国成立后，特别是改革开放以来，在中国共产党的领导下，中国饮食文化空前繁荣，取得了前所未有的新发展。

一、近现代中国饮食文化的发展

鸦片战争后，中国由原本一个独立自主的封建国家向半殖民地半封建国家逐步过渡，一直到中华人民共和国成立前。这100多年的激荡巨变对中国饮食文化的发展产生了深刻影响，中国人的饮食生活和社会饮食结构也发生巨大变革。

（一）西餐和西式餐饮店进入中国

1840年以后，西方饮食文化通过各种途径不断涌入中国，其速度之快、势头之猛，在中华文化对外交往史上，都是空前的。随着西方列强在上海、广州等城市设立租界，划分势力范围，大批外国侨民涌入租界，由外国资本开办并由外国人经营的西餐馆开始出现。旧上海最早出现的西餐馆，被称为“番菜馆”。大约在19世纪50年代，上海就已开始出现各式西餐馆，有数家中西兼营的餐馆和西餐馆。清同治、光绪年间，上海已有外国人开的酒吧，多在法租界，当时中国人称之为“外国饭店”，布置豪华，酒价高昂，当时中国人绝少涉足。

随着外商来华人数日渐增多，西式饭店很快发展起来，其中以上海为最。1860年，英国人礼查在上海外白渡桥北堍创建礼查饭店，这是上海开埠后，外国人经营的第一家高档旅馆饭店，今更名浦江饭店；闻名于世的北京饭店是1900年八国联军入侵后由两个法国人开办的；天津的利顺德饭店则是1860年天津开埠后，由英国传教士殷森德始创的。这些饭店除了提供基本的食宿外，还备有舞厅、游艺室、浴室、理发室，规模宏大。西式饭店是中国近代饭店业中的外来部分，一方面，它是帝国主义列强入侵中国的产物，为帝国主义的政治、经济、文化服务，这些大中型饭店的餐饮成为中华饮食中一道新的风景；另一方面，西式饭店的出现，将其建筑风格、设备配置、服务方式、经营管理的理论和方法带到了中国，对中国近代餐饮业的发展形成了一定的冲击。

由于中西方饮食习惯的差异，西餐最初在中国受到冷遇。直到十九世纪七八十年代以后，这一情况才有所改变。英法式、苏俄式、德意式、日韩式菜点陆续被引进中国。作为当时的新鲜事物，刺激了中国上层社会对它们的体验心理，宫廷、王府和政府要员的官邸，或设有“番菜房”，或聘有番菜烹调师，有的甚至发展为“器必洋式，食必西餐”了，崇洋心理越来越浓。当时，上海的美国基督教会为了培训做西餐的中国厨师，解决外国传教士在中国的吃喝问题，还专门出版了一本《造洋饭书》。中国厨师开始仿制外国菜，吸收西餐烹饪技法，创制“中式西菜”。这类新菜原料多取自国内，用进口调料，主要采取中式烹饪工艺，袭用欧美宴会流程，在地方菜的风味上增加“洋味”，形成一种“杂交菜”。兼具本土和西式风味的“杂交菜”吸引着外国人和中国食客，从而延续下来。

趣味链接

最早的西餐食谱——造洋饭书

为了系统地将西方烹饪方法传授给中国厨师和家庭主妇，在上海的美国传教士高丕弟的夫人，撰写了《造洋饭书》，并于同治五年（1866年）由英国浸礼会美华书馆出版。书中开头有一篇《厨房条例》，着重讲饮食卫生的重要性，以下是各类西餐菜点食谱，其中有汤、鱼、肉、蛋、糖食、排、朴定（布丁）、饼、糕等，共25章、267个品种，大部分都列出用料和制作方法，卷末附有英语、汉语对照表。这本书是西方各国烹饪方法的汇编。因此，《造洋饭书》的文化价值远远超过了一般的烹饪书籍。

（二）食品工业逐渐建立

早在1853年，英国商人在上海开设“老德记药房”，开始生产冰激凌、汽水等西式食品，主要提供给当地的西方人，这是西式食品进入中国的开端。外国商人见有利可图，又先后在中国设立了“正广和”和“屈臣氏”等几家汽水厂。1858年，英国人在上海创办埃凡馒头店，开始生产面包和糖果，之后又相继生产啤酒，引进咖啡、白兰地等。此后又有奶茶、香槟、饼干、蛋糕、罐头、葡萄酒等相继传入中国。到了20世纪初，西方的食品工业产品如罐头、饼干、蛋制品等在中国一些主要城市中有了可观的销路，中外商人在多个通商口岸建立了罐头、蛋品、啤酒等食品制造厂，例如哈尔滨啤酒厂和青岛啤酒厂。

中国的一些有识之士借鉴国外经验，也开始生产啤酒和饮料食品。1915年，中国人在北京创办了自己的第一家啤酒厂，即"双合盛"啤酒厂，它也是北京啤酒厂的前身。此外，在19世纪末，中外资本相继设立了碾米厂、面粉厂、榨糖厂和卷烟厂等。进入20世纪，帝国主义列强大量向中国倾销商品，牟取暴利，加工生产新食料，如味精、果酱、鱼露、蚝油、咖喱、芥末、可可、咖啡、啤酒、奶油、苏打粉、香精、色素等。这些食料引进后，逐步在食品工业和餐饮业中得到应用，使一些食品风味有所变化，质量有所提高，对中国传统烹调工艺产生了影响。

西方饮食及其有关工业的建立，丰富了中国传统饮食文化的内容，也促进所在地乃至中国近现代食品工业的发展，但在半殖民地半封建的旧中国，食品工业发展很慢。

（三）饮食观念革新，注重科学、营养、卫生

中国传统的烹饪方法，比较注重菜肴的整体效果，讲究调和鼎鼐，把味道放在首位，很难进行定性定量的具体分析，带有浓郁的中国哲学的调和色彩。一切讲究整体配合，以菜肴色、香、味、形的美好、谐调为度，度之内的千变万化就决定了中国饮食的丰富和善于变化。而西方烹饪方法多从理性角度考虑，注重营养和卫生，对味道之美反而不大讲究，呈现出味道单一、营养价值一目了然的特点，反映了东西方两种截然不同的饮食理念。

随着近代中西文化交流的频繁，中国知识界也开始学习西方，从烹饪原理和食物化学的角度来对其传统烹饪方法进行理论分析，出现了一批对食物成分和烹饪理论进行研究和分析的专著与论文。同时引入营养学的理念来革新人们的饮食观念。现代营养学大约于1913年传入中国，到20世纪20年代后逐步发展起来。东西方的烹饪方法和饮食观念不断相互渗透，取长补短。

（四）传统筵宴制出现改良趋势

中国传统的筵宴方式是共享一席的会食制，遇有喜庆节日，都以大宴宾朋来表示。这种会食制虽然热烈隆重，彼此亲密无间，但从卫生角度来看并不妥当，也容易造成浪费。与中国的筵宴方式不同，西方流行分食制和自助餐形式。这种饮食方式，不仅卫生节约，同时也是为了社交的需要，如自助餐很便于人与人之间的情感交流，表现了西方对个性的要求，从饮食方式中反映出了在不同文化的熏陶下所形成的不同国民性格。

自19世纪中叶以后，由于西方文化的影响，以及自助餐这种饮食方式的传入，中国知识界兴起了改良宴会之风，出现了冷餐酒会、鸡尾酒会等西式自助餐宴会。他们还参照中西宴会的规格，组成中西合璧的宴席，如国宴中将传统宴席的合餐制变为分餐制，各种礼宴、喜宴、家宴中使用公筷。宴席趋向规模小而营养全，宴席菜品讲究精致和特色，注重卫生和雅致。

二、当代中国饮食文化的新发展

中华人民共和国成立伊始，百废待兴，物资供应紧张，饮食结构比较单一，以土豆、玉米等杂粮为主，勉强解决温饱，吃饭成了全国人民的头等大事。

到了20世纪80年代，随着改革开放的深入，物资逐渐富足，品种也越来越多，老百姓的餐桌饮食悄然发生了变化。改革开放40多年来，中国从成立之初的积贫积弱一跃成为现代世界第二大经济体。随着经济的迅猛发展，国民饮食生活水平大幅度提高，全国餐饮业快速发展，中华饮食文化进入高速发展阶段，以全新的姿态步入开拓的新时代。

（一）饮食生产工具与生产方式越来越现代化

1. 饮食生产工具的现代化

随着科技水平的不断提高，现代烹饪工具步入科学化、现代化的新阶段，集中体现在能源和设备上。就能源而言，在城市里煤气、天然气、液化石油气、太阳能、电能等能源已取代木柴、煤炭。就设备而言，电器已经在大部分家庭和饭店中使用，品类繁多。如用于加热的设备有电磁炉、微波炉、电饭煲、电烤箱等；用于制冷的设备有冰箱、冷藏柜、保鲜陈列冰柜、浸水式冷柜等；用于切割加工的设备有切肉机、刨片机、绞肉机等。另外还有像压面机、和面机、饺子机、打蛋机、磨浆机、空气炸锅、厨师机等新兴设备也越来越多地进入厨房，使人们的饮食生产劳动变得省时、省力、方便、卫生。

2. 饮食生产方式的现代化

饮食生产工具的现代化，也使得现代饮食生产方式发生了变化，一方面表现在餐馆、饭店中越来越多地出现了以机械代替手工操作的劳动，如切肉机、绞肉机代替厨师手工进行切制、制茸，减轻了手工烹饪繁重的体力劳动，甚至有些餐饮企业还引进智能机器人厨师，洗、炒、切、装盘功能一应俱全。另一方面是食品工业的兴起，如火腿、月饼、香肠、包子、饺子、面条等传统手工生产食品进入食品工厂生产，还有罐头食品、半加工蔬菜等，既提高了生产效率，又使大批量食品的生产质量更加规范化和标准化。

（二）烹饪原料日益丰富，生产技术日臻完善

随着对外开放的日益扩大，我国从国外引进了许多优质的烹饪原料，如植物性原料主要有西芹、苦苣、樱桃番茄、奶油白菜、西蓝花、凤尾菇等；动物性原料主要有牛蛙、澳洲龙虾、三文鱼、鳕鱼、蜗牛、鸵鸟、象拔蚌、皇帝蟹等，这些烹饪原料已在我国广泛种植或养殖，极大地丰富了老百姓的菜篮子。

而科学技术的进步又使烹饪原料的品种得到改良，供应数量增加，价格越来越亲民。渔业的机械化，促进了捕捞技术的发展；人工养殖业的发展使各种海产品不断增加；人工栽培、温室培育技术的发展都使烹饪原料得到了极大的增加。烹饪原料的日益丰富，为烹饪技术的发展提供了物质条件。新的菜点不断涌现，不合理的操作方法被不断改善或取代，代之以先进、科学的方法。

总之，饮食烹饪原料的丰富发展，品类的日益繁多，不仅为我们现代人的饮食生活开拓了食料空间，为烹饪技术的进步发展奠定了物质基础，同时更加促进了中国饮食文化的丰富发展。

（三）饮食市场空前繁荣

自20世纪90年代开始，第三产业兴起，中国餐饮市场进入数量型扩张阶段，餐饮业蓬勃发展。全国各地兴建了各种风味的餐馆，尤其是旅游业的兴起和迅猛发展，各种高星级饭店、高等级餐饮店开张。不同档次、不同规格、不同特色的餐厅不断涌现，世界各地的餐饮风味、跨国连锁餐饮集团在中国市场上应运而生，推动着中国饮食服务质量不断向更高的水准迈进，更进一步促进了餐饮业的繁荣。

近年来，随着人们生活水平的提升，我国餐饮业飞速发展，餐饮业市场需求不断扩大，并伴随着消费升级不断进行产业升级。至2019年，我国餐饮业规模已突破四万亿大关。

现今，人们早已过了只求温饱的时代，消费者讨厌单调、乏味的饮食，不仅追求质量，还追求丰富、精彩和新颖的饮食内容和形式，如“餐饮＋零售”“餐饮＋音乐”“餐饮＋旅游”等“餐饮+N”“互联网餐饮”等新事物也应运而生，餐饮市场空前繁荣。

（四）健康饮食观念深入人心

饮食健康问题已成为现代人饮食的头等大事。经过改革开放40多年的发展，过去因为营养不足，造成儿童发育不良、成人体质虚弱等问题已经基本消失，取而代之的是由于营养不当、营养过度引起的疾病越来越多，其中最具代表性

的就是所谓的“富贵病”，如肥胖症、糖尿病、冠心病等。

人们的饮食消费观念发生了一系列根本的转变，即不再把口感好坏作为对饮食好恶的唯一标准，而是持口福与健身、美食与养生兼容并包的态度；不再对营养摄入采取多多益善的方针，而是根据人体生理需要和消耗的具体情况，对各种营养元素进行合理的安排。近年来，随着科学技术水平的提高以及营养科学的普及，“减糖、减盐、减油”的健康饮食理念逐渐深入人心。绿色食品、有机食品成为部分人追求的目标。中国人的健康饮食观念迈上了一个新台阶。

（五）饮食文化交流日益广泛

由于交通的日益发达、便捷，人员流动增大，国内地区间的饮食文化交流更加频繁。在许多大中城市林立的酒楼饭馆中，既有当地的风味菜点，也有异地的风味菜点，而且还出现相互交融与渗透的现象。可以说，地区间的饮食文化交流，加之改革开放后全国范围内开展的多次烹饪大赛，对提高中国烹饪的整体水平、缩小地区间烹饪技术的差异起到了巨大的推动作用，促进了中国饮食文化的全面发展。

改革开放以来，中国与世界各地、各国间的饮食文化交流也发生了翻天覆地的变化。西方的一些先进的厨房设备和烹饪方式正在被学习和借鉴。在食品方面，除了各国料理、风味竞相登陆中国，与中国饮食同台竞技之外，西式快餐的工业化、标准化思维为中餐的发展提供了重要参考。中国正努力借鉴西式快餐的优点和成功经验，发展中式快餐，并将其作为餐饮业新的增长点。另外，中国饮食文化在海外的影响也越来越大，在遍布世界各地的6 000多万中国侨民中，有不少人开设中式餐馆谋生，传播着中国美食和饮食文化。同时，中国也不断派出烹饪专家和技术人员到国外讲学、表演，参加世界性的烹饪比赛，向世界传播中国饮食文化，讲述中国故事，同时也促进了世界烹饪水平的提高。

趣味链接

熊猫快餐——全球最大中式快餐连锁店

熊猫快餐（Panda Express）是由程正昌与夫人蒋佩琪联手创办的全球最大中式快餐连锁店，被称为“中餐界麦当劳”。

熊猫快餐的总部设于加利福尼亚州

的罗斯米德市（Rosemead，Los Angeles，California）。在全球拥有2 000多家连锁店，除了美国外，它还扩张到了加拿大、墨西哥、俄罗斯、韩国、日本、菲律宾、阿联酋和中美洲的一些国家。

事实上，熊猫快餐并非正宗中餐，而是标准的"美式中餐"，比如考虑到美国人喜欢酸甜少辣的口味，熊猫快餐在中餐元素的基础上做了很多本土化改良，"陈皮鸡""宫保鸡丁"等一系列菜品正是这种美式中餐的代表。以质优价廉为定位的熊猫快餐备受美国人欢迎，而它也成了美国流行文化的一部分，比如颇有特色的熊猫方形纸质外卖盒、夹有纸条的幸运饼干等。

（六）饮食文化研究不断深入

随着人们生活水平的提高，饮食活动已不单纯是为了满足生活的基本需求，更要获得精神上的享受。除了对食物本身味道的追求之外，饮食消费的环境、档次和品位，以及饮食附加的文化价值成了越来越多人的共同追求。饮食文化已成为未来餐饮业发展的重要增长点。用文化创意开发产品，发挥独特的地方文化优势，增加餐饮和菜品的文化内涵，已成为当今餐饮经营者的经营思路。餐饮企业间的竞争也从低层次的价格竞争逐步走向高层次的质量竞争和企业文化竞争。

这些都使得现代中国饮食文化研究不断深入，研究者队伍日益壮大，研究水平不断提高，研究范围涉及饮食文化的各个领域，成果如雨后春笋般涌现。

随堂测验

一、单项选择题

1. 炒的烹饪方法是在（　　）开始出现。

A. 汉朝　　B. 唐朝　　C. 宋朝　　D. 南北朝

2. 隋唐时期尼姑梵正制作的大型风景拼盘“辋川小样”是仿照诗人（　　）的“辋川别业”创作的，开创了我国花式拼盘的先河。

A. 王维　　B. 李白　　C. 杜甫　　D. 白居易

3. 豆腐的发明更是中国为人类饮食文化发展做出的又一大贡献，相传是汉朝时（　　）所发明。

A. 刘邦　　B. 刘安　　C. 刘彻　　D. 刘启

4. 中国最早的蒸锅叫作（　　）。

A. 鼎　　B. 鬲　　C. 甑　　D. 釜

5. 清朝时期，满汉饮食大融合，出现排场壮观的（　　），因赴宴者为千名65岁以上的耆老而得名。

A. 千叟宴　　B. 满汉全席　　C. 烧尾宴　　D. 诈马宴

二、多项选择题

1. 随着汉代张骞出使西域，开辟丝绸之路之后，传入中国的食材有（　　）。

A. 黄瓜　　B. 大蒜　　C. 芫荽

D. 芝麻　　E. 核桃

2. 明代中叶，随着对外经济文化交流的扩大，被引进中国的海外农作物有（　　）。

A. 花生　　B. 辣椒　　C. 番茄

D. 番薯　　E. 马铃薯

3. 中国饮食文化的萌芽主要表现在（　　）。

A. 火的利用　　B. 原始农业、畜牧业的出现

C. 陶器的发明　　D. 炉灶的形成

E. 调味品的诞生

4. 下列有关古代的饮食书籍中属于清代的是（　　）。

A.《养小录》　　B.《调鼎集》　　C.《遵生八笺》

D.《中馈录》　　E.《随园食单》

5. 人们还用“六畜兴旺”来形容生活富足，这里的六畜指（　　）。

A. 马　　B. 牛　　C. 羊

D. 狗　　E. 鸡　　F. 猪

拓展应用

请结合中国饮食文化的发展史，讲述一段富有历史文化内涵的饮食故事。

单元导读

中国幅员辽阔，不同的自然环境、物产资源等因素催生了丰富多彩的饮食风味流派。在旅游业迅速发展的今天，品尝各地佳肴已成为旅游者出游时的重要活动之一，甚至可以成为旅游目的地的一大独特吸引力。本单元从饮食风味流派的形成因素、种类划分开始，重点介绍了中国的十二种地方风味流派、十个少数民族风味流派以及简单介绍了宫廷、官府、寺院、民间等风味流派。

学习目标

- 了解中国饮食风味流派的形成因素以及种类划分。
- 熟悉中国主要的地方风味流派。
- 了解少数民族风味流派及其他风味流派。

中国饮食风味流派

中国饮食风味流派概述

主题导入

随着生活水平的提高，人们越来越追求健康，在饮食方面出现了对保健食品的青睐，并且其市场划分越来越细，需求总量越来越大。市场上出售的保健食品大受欢迎，如美容养颜食品、孕妇食品、儿童食品、老年保健食品，再如更有针对性的、与专业相联系的（像航天员、航海员、运动员、特种部队战斗员、地下缺乏阳光照射的矿工、放射性工作环境下的人员等）保健食品……

讨论

有人说，以上所讲的就是保健风味流派，是中国饮食风味流派的划分类型之一，可以称之为『从食品功用』划分出的类型。

有人说，这一类产品反映的仅仅是食品的类型，还上升不到风味流派的范畴，否则，是不是还得划分出一个『方便面风味流派』『罐头风味流派』来？况且，与『保健风味流派』并列的是不是还要有一个『果腹（或「充饥」）风味流派』？

试通过本主题内容的学习，分析一下哪种说法更有道理。

“风味”广义指具有地方特色的美味食品，狭义指特殊滋味。风味流派指在某一特定范围内沿承流行的、具有一定特色的饮食派别。

我国是一个幅员辽阔的国家，各地区的自然条件、地理环境和物产资源有着很大的差别，这是各地人民的饮食品种和口味习惯各不相同的物质基础和先决条件。《博物志·五方人民》中说：“东南之人食水产，西北之人食陆禽。”“食水产者，龟蛤螺蚌以为珍味，不觉其腥臊也；食陆禽者，狸兔鼠雀以为珍味，不觉其膻也。”物产决定了人们的食性，而长期形成的对某些独特口味的追求，渐渐地变成了难以改变的习性，成为饮食习惯中的重要组成部分。正因为如此，中国饮食在漫长的历史发展过程中逐步形成了丰富多样、特色各异的，具有一定民族性、区域性的风味流派。

一、中国饮食风味流派形成的因素

风味流派的形成与发展，与地理环境、原料资源、历史条件、习俗文化、宗教信仰等有密切关系。在这些因素影响下，产生了不同的流派，随着时间的推移得到了进一步的深化与发展。

（一）地理环境的影响

我国国土辽阔，地形、地貌、气候复杂，风味流派首先受到地形、土壤、气候等的影响。如四川省四周环山，气候潮湿，需用辣椒和花椒祛风除湿，故菜肴中多放辣椒和花椒。

（二）原料资源的影响

烹饪生产的劳动对象是烹饪原料，所属地区的烹饪原料直接影响菜点朝某一方向的发展。沿海地区海产品丰富，其烹饪原料多以海产品为主；内陆地区以家禽、家畜为主，其烹饪原料多以猪牛羊、鸡鸭鹅为主；山区多山珍，湖泊多水鲜。

（三）历史条件的影响

风味流派的产生与形成，总是要经过漫长的历史过程。历史的进程导致饮食的发展有盛有衰，有快有慢。在社会政治、经济强盛时期，饮食文化也得以发展；在社会政治、经济衰弱时期，饮食文化也随之衰退。

（四）习俗文化的影响

风味流派也随着习俗文化而产生和发展。我国有56个民族，各民族生活习俗不同，饮食文化也有一定的差异，从而形成一定的饮食风味流派。又在习俗的影响下，使风味流派得以沿袭和巩固。

(五) 宗教信仰的影响

某些宗教对食物的特别要求，也可以促使风味流派的产生。如佛教传入中国之后，在国内广泛传播，遍布全国。随之出现的素食，称为寺院风味。

二、中国饮食风味流派的划分

中国地大物博，民族众多，历史悠久，饮食习俗丰富多彩，从而形成了不同的风味流派。从不同角度出发，可以划分出不同的风味流派。一般情况下，人们多采用按地域、民族、生产消费主体等方式来划分。

(一) 按地域划分

全国以汉族为多，所以按地域来划分实际上主要是划分汉族风味派别。这一划分方法沿用已久，早在汉至唐宋时期就有“北食”“南食”“川食”之称。“北食”就是指盛行于中原地区的风味,“南食”指苏浙闽皖湘鄂风味,“川食”指巴蜀风味。明清以后又出现了“帮口”一词，即指以口味特点不同，所形成的烹饪生产行帮，如川帮、扬帮、徽帮等。从20世纪50年代起，出现“菜系”一词，代替了原来的“帮口”。改革开放后,“风味流派”一词被大量使用，克服了“菜系”在涵盖超出菜肴范围时以偏概全(风味不仅仅是菜肴，还有面点、小吃等)的缺点。从菜系来讲，中国有四大菜系(鲁、川、粤、淮扬)、八大菜系(鲁、川、粤、苏、浙、闽、湘、徽)之说，也有十大、十二大菜系之说。扩而广之，也可称四大风味流派、八大风味流派等。

(二) 按民族划分

中国有56个民族，每个民族的饮食都有自己的风味。有以回族为代表的包括维吾尔族、哈萨克族、东乡族、撒拉族等少数民族在内的清真风味，有以从事畜牧业为主的蒙古族、藏族风味流派，有以从事农业为主的朝鲜族、满族、土族、傣族、白族、壮族风味流派，也有从事打猎捕鱼的鄂伦春族、赫哲族风味流派等。

(三) 按生产消费主体划分

一般划分为宫廷、官府、寺院、市肆、民间等风味流派，通常以御厨制作的，供帝王和其后宫嫔妃食用的为宫廷风味流派；达官贵人及其亲眷享用的为官府风味流派；寺院僧侣自己生产消费的斋肴为寺院风味流派；在饭店、客栈及食摊制作出售的属市肆风味流派，此类风味适应各阶层人士的需要，品种繁多、技法多样；还有城镇乡村、家庭日常烹制的，为民间风味流派。

各种风味流派之间存在原料生产、烹饪技法、风味特点的差异，但也相互渗透，互相交融。

地方风味流派

● **主题导入**

烹饪界有些专家根据自己数十年的实践和理论研究，认为以陕西为代表的西北风味，应该作为与鲁、川、淮扬和粤四大地域风味并列的全国五大地域风味之一。

首先，在中国形成可称为“流派”的烹饪风味，首推以十三朝古都西安为中心的陕西地区，其最早的历史开始于西周，距今约3 000年以上，有《周礼》等典籍为证。其后直到唐灭亡，经历了1000多年，中国烹饪的中心、最发达的地区在陕西。唐以后，西安失去了政治中心的地位，烹饪中心才东移。但西安作为西北首府，同时又是掌控西南的重镇，饮食文化被继承下来。其次，传统的陕西烹饪以西北地区所产原料为主，善于烹制以牛、羊、驼、熊、娃娃鱼、雪鸡等原料为主的菜肴，善于制作以小麦、杂粮为主的面食并以小吃的形式称誉国内，同时烹制海产干货在各流派中属佼佼者。在烹调方法上，凉拌、温拌、炖、焖、蒸、煮等是强项，一些独特的方法也是其他地域所少见或没有的。在味型上，以咸辣酸均衡综合为主，辣型不同于四川，酸度

● **讨论**

对于以上说法你有什么观点？请结合风味流派形成的因素以及本主题的学习内容进行有理有据的点评。

异于山西，咸度区别于山东，传统口感喜欢浓醇、绵烂。尤其在凉拌菜、面食上体现最为明显。其饮食产品除了鲜明的西北特色外，历史渊源之深厚是其他地域风味无法比拟的。仅以传统菜肴和面食为例，大多数食品在典籍中有出处，只有少量的才属于“传说”，而且传说也有其民间依据，不同于现在一些即兴编出的“当代传说”。

一、四川风味

四川饮食文化历史悠久，发源地是古代巴国、蜀国。春秋至秦是四川风味的萌发时期，西汉至西晋形成了初期轮廓。隋唐五代四川饮食文化进一步发展，烹调技艺日益精良，品种丰实。明末清初，辣椒从南美洲引入四川种植，加之四川大部分地区日照时间短，空气湿度大。辣椒既适合四川人好辛香的饮食口味，又有除湿作用。于是食用辣椒的风气在四川迅速普及，进一步奠定了其味型特点。烹饪技法也日益完善，麻辣、鱼香、怪味、家常味等众多的味型特点已成熟定型，成为中国地方风味中一个主要流派。

四川风味兼取山野河川特产为原料，调味多用当地特有的调味品，味型多样，浓、重、醇、厚兼清鲜，一菜一格，百菜百味，善用辣椒、花椒。家常风味以麻、辣、香著称。烹调最长于小煎小炒、干煸干烧等技法。

四川风味习惯上分为以成都和乐山菜为主的上河帮、以重庆和达州菜为主的下河帮、以自贡和内江为主的小河帮。

上河帮菜肴的特点是口味清淡，传统菜品较多，小吃多样。其代表菜有麻婆豆腐、回锅肉、宫保鸡丁、盐烧白、粉蒸肉、夫妻肺片、蚂蚁上树、灯影牛肉、蒜泥白肉、樟茶鸭子、白油豆腐、鱼香肉丝、泉水豆花、盐煎肉、干煸鳝片、东坡墨鱼、清蒸江团等。

下河帮菜肴的特点是以家常菜为主，比较麻辣，多有创新。菜式大方粗犷，以花样翻新迅速、用料大胆、不拘泥于食料著称，俗称江湖菜。其代表菜有酸菜鱼、毛血旺（图3-1）、口水鸡（图3-2）等；有以水煮肉片和水煮鱼为代表的水煮系列；有以辣子鸡、辣子田螺和辣子肥肠为代表的辣子系列；有以泉水鸡、烧鸡公、芋儿鸡和啤酒鸭为代表的干烧系列；有以泡椒鸡杂、泡椒鱿鱼和泡椒兔为代表的泡椒系列；有以干锅排骨和香辣虾为代表的干锅系列等。

小河帮因为与古代盐商有关系，因此小河帮又称为盐帮菜。代表菜主要有水煮牛肉、粉蒸牛肉、冷吃兔、火爆黄喉、仔姜跳跳蛙等。

图3-1
毛血旺

图3-2
口水鸡

四川小吃也独具特色，它用料广泛，技法多样，工艺精细，调味独特，讲究艺术。名小吃主要有担担面、川北凉粉、麻辣小面、酸辣粉、叶儿粑、酸辣豆花等，以及用创始人姓氏命名的赖汤圆、龙抄手、钟水饺、吴抄手等。

趣味链接

麻婆豆腐的民间传说

陈麻婆豆腐店，于清同治初年（1862年）开业于成都北郊的万福桥，原名“陈兴盛饭铺”，主厨为陈兴盛之妻，此人脸上有几颗麻子，人称陈麻婆。该店初为卖小菜、便饭、茶水的小饭铺，来店用饭者多为挑油担子的脚夫，这些人经常买些豆腐，从挑篓里舀点菜油，请老板娘代为烹饪，烹出的豆腐又麻、又辣、又烫，别具风味，日子一长，该店铺的烧豆腐就出了名。人们为区别与其他饭铺的烧豆腐，赠名“麻婆豆腐”，名气一大之后，店铺也依菜名改为“陈麻婆饭店”。清朝末年，陈麻婆的豆腐，就被列为成都名吃。作家冯家吉曾在《成都竹枝词》中写道：“麻婆陈氏尚传名，豆腐烘来味最精。万福桥边帘影动，合沽春酒醉先生。”

二、山东风味

山东是我国古文化发祥地之一。大汶口等处出土的红砂陶、黑陶等烹饪器皿、酒具反映了新石器时代齐鲁地区的饮食文明。齐国的易牙是春秋名厨，鲁国的孔子、孟子精于饮食，说明当时的烹饪水平已达到相当的高度。南北朝时，贾思勰所撰的《齐民要术》中，有关齐鲁之地的烹饪技法和菜肴已占相当篇幅。唐代，随着国家的繁荣，鲁菜(山东风味)也达到新的高度。明、清时期，鲁菜不断提高，已成体系。鲁菜也成为京师御膳的珍馔。当时的山东风味在黄河流域及其以北的广大地域流传。

山东风味取材广泛，禽畜与海味并重，讲究用汤，擅长扒、熘、爆、烤、炒等法，口味以咸鲜为主，具有清、香、脆、嫩、鲜等风味特点。它由内陆的济南风味和沿海的胶东风味所构成。济南风味制作精细，讲究用汤；胶东风味又称福山风味，是胶东沿海——青岛、烟台等地方风味的代表，以烹制海鲜而著称，讲究清鲜，保持原味。

山东风味的代表菜有葱烧海参(图3-3)、清汤燕菜、烩乌鱼蛋、九转大肠(图3-4)、锅塌豆腐、奶汤蒲菜等。

山东小吃以其品种多样、方法多变、技术高超、经济实惠而闻名。其著名小吃有福山冲面、周村酥烧饼、潍县杠子头、济南扁食、博山石蛤蟆饺子、蓬莱小鱼、盘丝饼、糖酥煎饼等。

图3-3
葱烧海参

图3-4
九转大肠

趣味链接

“九转大肠”的趣闻

相传，九转大肠是清光绪年间济南的九华楼酒楼首创。有一次，九华楼的店主请客，厨师上了一道风格独特的菜——烧大肠，颇受宾客们的赞赏。

宾客品尝后都赞不绝口，但各人说法不一：有的说甜，有的说酸，有的说咸，有的说辣。其中有位颇有学识的宾客站起来说：“道家善炼丹，有‘九转仙丹’之名，食此佳肴可与仙丹媲美，这道美食就叫‘九转大肠’吧！”在座宾客都十分赞赏这一菜名，从此“九转大肠”就逐渐为大家所熟知。

三、广东风味

广东风味的形成比中原地区的稍晚。公元前214年，秦统一岭南，遣55万人南迁，广东风味受到中原饮食文化的影响才逐渐形成自己的特点。三国、两晋、南北朝时期，中原战乱频繁，唯岭南较为安定，其时汉人纷纷南移，广东饮食一再受到中原文化影响。特别是南宋以后，中国经济重心南移，海上对外贸易旺盛，许多内地名食和海外的食谱相继传入。南宋末年，少帝南逃，失落在广州的一些御厨把临安的饮食文化传于岭南，使广东饮食进入了精烹阶段。明、清时期，商贾云集，食肆兴隆。到清代中叶，广东风味开始进入鼎盛时期。清代后期，“食在广州”已享誉内外。

广东风味选料广博奇杂，据统计广东风味的用料多达数千种。凡各地菜肴所用的家养禽畜、水泽鱼虾，广东风味无不用之。广东风味以本地饮食文化为基础，广泛吸取中外烹饪技艺之精华，融会贯通、自成一格。广东风味擅长泡、炒、清蒸，还有自己独有的方法，如焗、煀、软炒、浸、煲等。烹饪技艺多样善变，口味清淡，讲究鲜、爽、滑、嫩，并注重养生功效。

广东风味包括广州风味、东江风味和潮汕风味。广州风味包括珠江三角洲和肇庆、韶关、湛江等地的名食，它取料广泛，品种花样繁多，令人眼花缭乱。广州风味的另一突出特点是口味比较清淡，力求清中求鲜、淡中求美。代表菜有白灼虾、烤乳猪（图3-5）、香芋扣肉、黄埔炒蛋、炖禾虫、五彩炒蛇丝、脆皮乳鸽、炸鲜奶等。

东江风味又叫客家菜。客家人原是中原人，在汉末和北宋后期因避战乱南迁，聚居在广东东江一带。其语言、风俗尚保留中原固有的风貌，菜品多肉类，极少有水产，有独特的乡土风味。以惠州菜为代表，名菜有东江盐焗鸡、东江酿豆腐、爽口牛丸等。

潮汕风味，指潮州、汕头一带的地方饮食，其语言和习俗与闽南相近。故潮汕菜接近闽菜，汇闽粤两家之长，自成一派。代表菜有烧雁鹅、豆酱鸡、护国菜、什锦乌石参、葱姜炒蟹、干炸虾枣等。

广东小吃也别具特色。它花式品种繁多、造型精细、味型多样、适应层次丰富。著名的小吃有广式月饼、星期美点、各式粥品(白粥、牛肉粥、猪红粥、红豆粥、及第粥、祛湿粥、味粥、皮蛋粥、坠火粥、竹遮粥等)、松糕、肠粉、薄皮鲜虾饺(图3-6)、双皮奶、芝麻糊、红豆沙等。

图3-5
烤乳猪

思考与讨论

现代中国饮食文化在国外的传播，粤菜首当其冲。请分析其流行的原因。

图3-6
薄皮鲜虾饺

趣味链接

烤乳猪

烤乳猪由重约五千克的乳猪加入多种配料烤制而成。色泽红亮，皮酥肉嫩。拼成猪形上席，外形美观。

烤乳猪由西周八珍“炮豚”发展演变而来。据《礼记注疏》，“炮豚”的做法是取一只乳猪，宰杀后翻开腹部，摘除内脏，再在肚子里塞满枣子，外用芦草裹起来，涂上湿黏土，放在火上烧烤，等到黏土全部烤干，将外壳剥开，并擦去肉皮上的灰膜，再用米粉调成稀糊状，敷在乳猪的外面，放在油里炸。然后另准备一只大汤锅，把炸过的乳猪切成片，配好香料，放在一个小鼎中，把小鼎放在大汤锅内，用文火连续炖三天三夜取出，用酱醋调味食用。

南北朝时的烤乳猪名“炙肫”，不再包裹，而是直接在火上烤，边烤边涂刷清酒，以利发色。贾思勰说它“色同琥珀，又类真金，入口则消，状若凌雪，含酱膏润，特异凡常”。

清朝时名叫“烧小猪”，烤至四面深黄时，涂以奶酥油，屡炙屡涂。口感较“炙肫”更加酥嫩。

烤乳猪很多地方都有，广东的较为著名。

四、江苏风味

江苏饮食文化历史悠久。6 000多年以前，当地先民已用陶器烹饪。春秋时，江苏已有较大规模的鸭场，反映了江苏烹饪对水禽的利用。战国至南北朝时，已有许多名馔，饮食文化得到显著发展。隋唐两宋，不少海味和糟醉品被列为贡品。明、清时期，运河和长江两岸及东边临海地区交通和贸易的发展，促进了江苏风味进一步向四海皆宜的特色发展，使江苏风味在海内外有一定影响。

江苏风味由淮扬、金陵、苏锡、徐海四大地方风味组成。江苏风味主要以水产品为主，注重鲜活，加工精细多变，因料加工施艺。善用火候，擅长炖、焖、煨、焐，调味清鲜平和，咸甜适中。

淮扬风味以扬州为中心，南起镇江，北至洪泽湖周边的淮河以南，东至里下河及沿海一带。代表菜有扬州三头、镇江三鱼、荷包鲫鱼、将军过桥、蟹粉馓子、大煮干丝等。

金陵风味以南京为中心，素以鸭馔驰名，如盐水鸭、卤鸭肫肝、板鸭、黄焖鸭、叉烧鸭、瓢儿鸭舌、烩鸭四宝等。

苏锡风味以苏州、无锡为中心，含太湖、阳澄湖、泖湖、滆湖周边风味。代表菜有松鼠鳜鱼(图3-7)、常熟叫花鸡、碧螺虾仁、雪花蟹斗、梁溪脆鳝、太湖银鱼、鸡茸蛋、天下第一菜等。

徐海风味指徐州沿东陇线至连云港一带风味。代表菜有霸王别姬、犬鼋烩、羊方藏鱼、熏烧兔、鳝鱼辣汤等。

江苏小吃荤素兼备，口味清淡平和，咸甜适中，造型典雅清新，美观大方，乡土风味浓厚。如黄桥烧饼(图3-8)、金钱萝卜饼、太湖船点、藕粉丸子、三丁包子、蟹黄烧卖、鱼汤面、王兴记馄饨、莲子血糯饭等。

图3-7
松鼠鳜鱼

图3-8
黄桥烧饼

趣味链接

松鼠鳜鱼与乾隆皇帝

松鼠鳜鱼为苏帮菜中色、香、味兼具的代表之作。相传乾隆皇帝下江南，微服至苏州松鹤楼菜馆用膳，厨师用鲤鱼出骨，在鱼肉上刻花纹，加调味稍腌后，拖上蛋黄糊，入热油锅嫩炸成熟后，浇上熬热的糖醋卤汁，形状似鼠，外脆里嫩，酸甜可口，乾隆皇帝吃后很满意，后名扬苏州。清代《调鼎集》中有关于“松鼠鱼”的记载：“取季鱼，肚皮去骨，拖蛋黄，炸黄，作松鼠式。油、酱油烧。”季鱼，应是鲤鱼。

这条记载首先间接证明乾隆年间苏州关于“松鼠鲤鱼”的传说是可能的。因为《调鼎集》中的不少菜肴均是清乾隆、嘉庆时期的。其次可佐证今天的“松鼠鳜鱼”正是在“松鼠鱼”的基础上发展起来的。不同的是，古代的“松鼠鱼”挂的是蛋黄糊，而今天的“松鼠鱼”是拍干淀粉。古代的“松鼠鱼”是在炸后加“油、酱油烧”成的，今天则是在炸好后直接将制好的卤汁浇上去的。

五、浙江风味

浙江依山傍水，水陆物产丰富。从浙江余姚河姆渡文化遗址出土的文物表明，那时浙江先民就以米为主食，采用蒸煮等方法，饭菜分离。至先秦，已用绍兴黄酒来作调料。秦汉直至唐宋，浙江风味进一步讲究精巧，烹调注重菜品的典雅精致，广泛运用糖醋提鲜。隋代“石首含肚 ”已成为御膳贡品。尤其在南宋时，中原厨师随着宋室南渡，黄河流域与长江流域的烹饪文化相互交融。浙江风味引进了中原烹调技艺之精华，发扬本地名物特产丰盛的优势，南料北烹，创制出一系列有自己风味特色的名馔佳肴，成为南食风味的典型代表。清代著名文学家袁枚、李渔分别撰著了《随园食单》和《闲情偶寄·饮馔部》，对浙江风味特色结合理论做了阐述，从而进一步扩大了浙江风味的影响。

浙江风味擅长爆、炒、烩、炸、蒸、烤、炖等技法。浙江风味菜品具有醇正鲜嫩、细腻典雅的特色，口味清淡多变，讲究时鲜，取料广泛，多用地方特产，常寓神奇于平凡，烹调精巧，善治河鲜、海鲜，以清鲜味真见胜。

浙江风味主要由杭州、宁波、绍兴、温州四个地方风味组成。杭州风味历史悠久，自南宋定都后，商市繁荣，各地食店相继进入，菜馆、食店众多，而且效仿京师。杭州风味菜品制作精细，品种多样，清鲜爽脆，淡雅典丽，有士大夫风情。代表菜如西湖醋鱼、东坡肉、龙井虾仁、油焖春笋、西湖莼菜汤等，集中反映了“杭帮菜” 的风味特点。

宁波风味以“鲜咸合一”，蒸、烤、炖制海味见长，讲究嫩、软、滑，色泽较浓。代表菜有雪菜大汤黄鱼、苔菜拖黄鱼、目鱼大烤、冰糖甲鱼、锅烧鳗、熘黄青蟹、宁波烧鹅等。

绍兴风味富有江南水乡风味，原料以鱼虾河鲜、鸡鸭等家禽、豆类、笋类为主，讲究香酥绵糯，轻油忌辣，汁浓味重。其烹调常用鲜料配腌腊食品同蒸或炖，且多用绍酒烹制，故香味浓烈。代表菜有糟熘虾仁、干菜焖肉、绍兴虾球、头肚醋鱼、鉴湖鱼味等。

温州古称“瓯”，地处浙南沿海，当地的语言、风俗和饮食都自成一体，别具一格，素以“东瓯名镇”著称。温州风味菜品也称“瓯菜”，以海鲜入馔为主，口味清鲜，淡而不薄，烹调讲究“二轻一重”，即轻油、轻芡、重刀工。代表菜有三丝敲鱼、双味蝤蛑、橘络鱼脑、蒜子鱼皮、爆墨鱼花等。

浙江小吃品种繁多，滋味各异，造型美观，绚丽多姿。著名小吃有杭州的西湖藕粉、桂花鲜栗羹、八宝饭、吴山酥饼、猫耳朵、片儿川、虾爆鳝面、菜卤豆腐；宁波的汤团、糯米素烧鹅、奉化苔菜千层饼；嘉兴的五芳斋肉粽（图3-9）、蟹粉包子；湖州的丁莲芳千张包；绍兴臭豆腐（图3-10）、罗汉豆、新昌芋饺；金华的干菜酥饼；温州的鱼圆和永康肉饼等。

六、福建风味

闽地的烹饪文化可追溯到新石器时代，4 000年前闽地先民已开始烹饪熟食。唐宋以来，随着泉州、福州、厦门先后对外通商，经济贸易及文化交往日趋繁荣。尤以南宋国都南迁临安之后，福州与临安相距不远且海上交通便利，苏杭等地烹调方法相继传入，使福建风味在继承传统风味的基础上吸收新工艺，发生了趋向精善文雅的变革。至清朝“五口”通商后，交通和商业日益发达，京广等地烹调方法的传入，使福建风味技法更上一层楼。二十世纪七八十年代，福建风味在继承传统风味的基础上吸取南北各路派别之精华，去其粗大油腻之土俗，形成了精细清鲜的高雅风格，甚至在器皿上也颇为考究，所以发展为今日独树一帜的福建风味。

福建风味历来以选料精细、刀工巧妙、汤菜考究、调味奇特、烹调细腻而著名。福建风味的烹饪技艺，既继承了我国烹饪技艺的优良传统，又具有浓厚的南国地方特色，多用炒、溜、蒸、炸、煨技法。

福建风味由福州、闽南和闽西三路不同风味的地方菜组合而成。福州风味是福建风味的主流，除盛行于福州外，也在闽东、闽中、闽北一带广泛流传。福州风味善于用红糟为作料，尤其讲究调汤，予人“百汤百味”和糟香袭鼻之感，代表菜有茸汤广肚、肉米鱼唇、鸡丝燕窝(图3-11)、鸡汤汆海蚌、煎糟鳗鱼、淡糟鲜竹蛏等。

闽南风味，盛行于厦门和晋江、尤溪地区，东及台湾省。其菜肴特点以讲究佐料、善用香辣而著称，在使用沙茶、芥末、橘汁以及药物、佳果等方面均有独到之处，代表菜有东璧龙珠、清蒸加力鱼、炒沙茶牛肉、葱烧蹄筋、当归牛腩、嘉禾脆皮鸡等。

闽西风味，盛行于“客家话”地区，以烹制山珍野味见长，略偏咸、油，善用生姜，在使用香辣佐料方面更为突出。代表菜有爆炒地猴、烧鱼白、油焖石鳞、炒鲜花菇、蜂窝莲子、金丝豆腐干、麒麟象肚、涮九品等。

福建小吃具有用料考究、制作精细、善于调味、风味独特等特点。代表小

图3-9
五芳斋肉粽

图3-10
绍兴臭豆腐

图3-11
鸡丝燕窝

吃有以海鲜为主的蚝煎土笋冻、水烫花螺、福州鱼丸（图3-12）、鲟丸，饲粿类小吃有蛎饼芋粿、锅边、油葱粿、麻糍以及以麦、豆、薯为原料的春卷、光饼和汀州豆腐干等。

七、安徽风味

安徽风味起源于黄山之麓——古徽州（今安徽歙县一带）。徽商的崛起，使安徽风味得到了发展与传播。徽商富甲天下，生活奢侈，其饮馔之盛、宴席之豪华对安徽风味的发展起到了推波助澜的作用。可以说哪里有徽商，哪里就有徽菜馆。鸦片战争后，屯溪成了皖南山区土特产品的集散地。安徽风味在沿江一带得到进一步发展。

安徽风味主要由皖南、沿江、淮北三大地方风味组成，以皖南风味为其代表。总的特点是就地取材，讲究火工，尤以滑烧、清炖、生熏最有特色。讲究原汁原味，菜式层次丰富。其中皖南风味以烹制山珍野味为长，喜以火腿佐味；皖南风味以咸、鲜、香为主，代表菜有黄山炖鸽、火腿炖甲鱼、臭鳜鱼（图3-13）、徽州毛豆腐（图3-14）等。沿江风味以烹制江湖水鲜为主，以咸、鲜、甜、酸组成的复合味型为主，代表菜有红烧划水、毛峰熏鲥鱼、无为熏鸡等。淮北风味则以咸、鲜、辣为主，代表菜有符离集烧鸡、椿芽拌鸡丝等。

安徽小吃以品种繁多、兼有南北风味、民间色彩浓厚为主要特征。代表小吃有寿县大救驾、庐江小红头、芜湖虾子面、蟹黄汤包、老鸭汤、安庆江毛水饺、油酥饼、蚌埠烤山红等。

八、湖南风味

早在东周，湖南风味就有了雏形。到了西汉，逐渐形成了从用料、烹饪方法到风味特点较完整的烹饪体系，为湖南风味的发展奠定了基础。20世纪70年代初，长沙马王堆汉墓出土了一批珍贵的竹简，上面记载着西汉时期，湖南地区的菜肴品种已达109种之多。如果从西汉算起，湖南风味的发展历史至少有2 100年。到了晚清至民国初年，由于商业的发展，官府菜品及其烹调技法大量流入饮食市场，湖南风味遂以其独有的风姿驰名全国。

湖南风味具有用料广泛、取材精细、加工讲究的特点，在质感和味感上注

图3-12
福州鱼丸

图3-13
臭鳜鱼

图3-14
徽州毛豆腐

重鲜、香、酥、软；擅长炒、蒸、溜；味别多样，以酸、辣、鲜、嫩为主，菜式适应性强。

湖南风味由湘江流域风味、洞庭湖区风味和湘西山区风味构成。湘江流域风味以长沙、衡阳、湘潭为中心，是湖南风味的主要代表。在制法上以煨、炖、腊、蒸、炒诸法见长。爆、炖讲究微火烹调，煨则味透汁浓，炖则汤清如镜；腊味制法包括烟熏、卤制、叉烧；炒则突出鲜、嫩、香、辣。代表菜有海参盆蒸、腊味合蒸、走油豆豉扣肉、麻辣仔鸡等。

洞庭湖区风味以烹制河鲜、家禽和家畜见长，多用炖、烧、蒸、腊的制法，其特点是芡大油厚、咸辣香软。代表菜有洞庭金龟、网油叉烧洞庭鳜鱼、蝴蝶飘海、冰糖湘莲等。

湘西山区风味擅长制作山珍野味、烟熏腊肉和各种腌肉，口味侧重咸香酸辣，常以柴炭作燃料，有浓厚的山乡风味。代表菜有红烧寒菌、板栗烧菜心、湘西酸肉、炒血鸭（图3-15）等。

湖南小吃用料广泛、制作精细、品种繁多、味型丰富、特色鲜明。代表小吃有火宫殿油炸臭豆腐、牛肉米粉、鸳鸯酥、姊妹团子、湘潭脑髓卷、衡阳排楼汤圆、洞庭糯米藕饺饵、虾饼、健米茶、大边炉等。

九、北京风味

北京为金、元、明、清的都城，是全国政治、经济、文化的中心。北京以其优越的条件，荟萃天下人文，辐辏全国财物，各地饮食风味和烹饪高手也咸集于此，经历了七八百年的演变，形成了北京的特殊风味体系。其突出的特点是兼蓄东、西、南、北各流派，并收汉、满、蒙、回诸风味；采官府、宫廷之长，取市肆、民间之优；推陈出新，有机融合，独具特色，自成一家。这一点特别体现在北京风味的用料、烹调等方面。《清稗类钞》中，把“京师”列为“肴馔之有特色者”之首。可以说自清末起，从菜系讲，北京已形成以山东、本地菜为基础，以宫廷、官府、清真菜为辅助的体系。小吃也融合汉、回、宫廷、民间等风味形成了自己的体系。

北京风味取料广采博收，虽然其地物产有限，但东北的山珍、江南的鲜蔬、中原的五谷、东南的海味、华北的牛羊等，均为北京所用。其烹调方法亦博采众长，尤以涮、烤最有特色。传统口味以北方的浓郁、酥烂为主，兼有江南、岭南的嫩脆清鲜。北京名菜众多，代表菜有北京烤鸭（图3-16）、北京烤肉、涮羊肉、白煮肉、海红虾唇、蛤蟆鲍鱼、罗汉大虾、砂锅羊头、炸佛手等。

北京的风味小吃品种在300种以上，多用麦、米、豆、粟、薯、蔬等植物性原料制成，讲究季节性，技法多而工艺精。代表小吃有艾窝窝、小窝头、豌豆黄、焦圈、杏仁豆腐、龙须面、天兴居炒肝、合义斋灌肠、大顺斋糖火烧、馄饨侯馄饨、都一处三鲜烧卖、隆福寺豆汁儿、豆腐脑、年糕、肉火烧、蒸食炸、炸锅渣盒等。

图3-15
炒血鸭

图3-16
北京烤鸭

趣味链接

老北京的豆汁儿

豆汁儿，是老北京的特色小吃，据传早在辽宋时期就已经盛行，到了清乾隆年间便成为“宫廷饮料”，“北京豆汁儿，旗人的命根儿”由此而来，自此传承了300多年。

在北京民间也流传着这样一句俗语：“没有喝过豆汁儿，不算到过北京。”著名导演胡金铨先生也说：“不能喝豆汁儿的人，算不得是真正的北平人。”

豆汁儿是以绿豆为原料，经烫豆、磨豆、淀粉分离等工序，将淀粉滤出制作完粉条等食品后，剩余残渣进行发酵而制成的。豆汁儿色泽灰绿，味儿酸、略苦，有轻微酸臭味。这经过发酵的豆汁儿也是“甲之蜜糖、乙之砒霜”的存在，因口感有股泔水味而被许多人排斥，但若是喝习惯了这味道，就会让人回味无穷。

《燕都小食品杂咏》中说：“糟粕居然可作粥，老浆风味论稀稠。无分男女，齐来坐，适口酸盐各一瓯。”并说：“得味在酸咸之外，食者自知，可谓精妙绝伦。”

十、上海风味

据记载，早在2 400多年前，上海就是楚春申君的领地。那时依仗江南鱼米之乡的自然环境，烹制的是纯正的乡土风味。宋、元以后上海逐步发展成为商业之都，百货云集，人员繁杂，在菜肴的选料和花式上也随之扩大。加之近代上海被迫对外开放成为商埠，在畸形繁荣的经济下，国内各地乃至西方风味竞相进入上海，古今中外兼收并蓄，相互借鉴，大大刺激着上海风味的发展。从此上海风味形成了具有自己特色、风味多样的饮食派别。

上海风味在用料上能充分利用本地资源而巧采外地及外国原料，在烹调方法上以其他菜系为借鉴，具有清新秀美、温文尔雅、风味多样、时代气息浓的特点，其口味清淡、口感平和、刀工精细、配色和谐、滋味丰富、款式新颖。上海风味由海派江南风味、海派北京风味、海派四川风味、海派广东风味、海派西菜及功德林素菜六个风味流派组成，保留了原地方菜的精华，又带有浓郁的上海地方气息。代表菜有上海红烧肉（图3-17）、八宝鸭、水晶虾仁、上海白斩鸡、松江鲈鱼、油爆河虾、芙蓉蟹斗等。

上海小吃品种繁多，兼具南北风味，选料严谨，制作精细，应节适令，因时更变。如南翔小笼、生煎包（图3-18）、鲜肉月饼、鸽蛋圆子、油墩子、蟹壳黄、排骨年糕等。

十一、西北风味

西北风味，包括西北五省区的饮食风味在内，以陕西菜为代表。陕西省西安市曾经是十三朝古都，历时千余年。中国封建社会最辉煌的秦、汉、唐时期

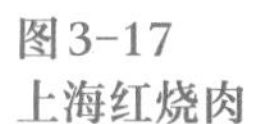

图3-17
上海红烧肉

图3-18
生煎包

均在此地建都，烹饪文化积淀丰厚。加之西北地区南北温差大，物产多样，为西北烹饪提供了丰富的原料。古代西周“八珍”出自镐京(今陕西西安)。汉、唐两代是陕西菜发展史上的两个高峰，不仅继承了先秦烹饪文化遗产，吸取了关东诸郡烹饪之长，而且由于丝绸之路的开辟，西域地区的动植物烹饪原料连同“胡食”的烹饪技法首先传入长安，促进了陕西菜肴的高速发展。唐代的长安已是全国名食荟萃之地，并辐射全国。目前我国旅游的迅速发展，又带动了西北风味向前发展。

陕西风味，也称陕菜或秦菜，分两类体系：一是历史菜肴，由唐代宫廷菜、官府菜、寺院菜、汉唐市肆菜组成。前三者用料奇特、精妙华美，格调典雅，品高质优；后一者取材广泛、层次丰富。代表菜有驼蹄羹、驼峰炙、遍地锦装鳖、光明虾炙等。二是现代菜肴，由关中、汉中、陕北菜等构成。总特点是取材广泛，利用充分，方法多样，复合味多(尤以咸、鲜、酸、辣、香突出)，善用“三椒”(辣椒、花椒、胡椒)，滋味醇厚。代表菜有葫芦鸡、口蘑桃仁、氽双脆、三皮丝、糖醋鱿鱼卷、奶汤锅子鱼、金钱酿发菜、烧鱼梅、烟熏鸭、炒羊羔肉等。

陕西小吃也是在历史基础上形成的，其特点是面制品多、调料配料多、土特产原料多、品种多等，如西安牛羊肉泡馍(图3-19)、饺子宴、春发生葫芦头、岐山面、樊记腊汁肉、泡泡油糕、乾县锅盔、秦镇凉皮、陕北炸奶链、荞面饸饹、汉中菜豆腐等。

图3-19
牛羊肉泡馍

趣味链接

说不完的“羊肉泡”

牛羊肉泡馍，简称“羊肉泡”，古称“羊羹”，西北地区汉族风味美馔，尤以陕西西安牛羊肉泡馍最享盛名，北宋著名诗人苏轼留有“陇馔有熊腊，秦烹唯羊羹”的诗句。它烹制精细，料重味醇，肉烂汤浓，肥而不腻，营养丰富，香气四溢，诱人食欲，食后回味无穷。因它暖胃耐饥，素为西北地区各族人民所喜爱，外宾来陕也争先品尝，以饱口福。牛羊肉泡馍已成为陕西名食的“总代表”。

牛羊肉泡馍与一般食馔不同，烹饪技术要求很严格。烙馍、煮肉、切肉、煮馍等工艺，环环必须技术精湛，一丝不苟。与肉合烹的“饦饦馍”酥脆干香，入汤不散。用餐之前，顾客须把“饦饦馍”掰成碎块，这也是吃牛羊肉泡馍的乐趣之一。掰馍讲究越小越好，这是为了便于五味入馍。把馍掰碎后，再由厨师烹制。煮馍讲究以馍定汤，调料恰当，武火急煮，适时装碗，以达到原汤入馍、馍香扑鼻的要求。

十二、东北风味

东北风味由我国东北辽宁、吉林、黑龙江三省的风味组成，以沈阳、大连、长春、哈尔滨为代表。

东北地域辽阔，有得天独厚的地理条件、优越的自然环境和丰富的物产资源。汉至唐宋，东北烹饪已有相当水平。随后至清代形成了以麦、豆等五谷杂粮为主食，以牛、羊、猪、山珍野味、江海湖河之鲜及当地所产蔬菜为副食的格局。清初，满族人入关，汉人大量进入关东地区，鲁菜传入东北，对其产生了一定影响。同时借鉴了沙俄的西式烹饪中部分烹调手法，从而形成了以当地物产为主，融合了多民族及中西烹调手法于一体的风味体系。东北风味多取于当地特产，其特点为用料广泛，鲜甜分明，口味浓厚，汁宽芡亮。代表菜有红梅鱼肚、橘子大虾、白肉蛋肠、五加参飞龙、冰糖蛤士蟆、锅包肉(图3-20)、酸菜五花肉等。

东北小吃品种丰富，制作方法融关内外、国内外、多民族于一炉，富有地方特色。辽宁小吃有海城馅饼、老边饺子、王麻子锅贴、马家烧卖等；吉林小吃有杨家吊烧饼、李连贵熏肉大饼、三杖饼打糕、冷面等；黑龙江小吃有椒盐饼、炸三角、黄米切糕等。

图3-20
锅包肉

主题三

少数民族风味流派

主题导入

满族是我国北方具有历史影响力的少数民族之一，其祖先长期生活在我国东北地区的白山黑水之间。满族长久以来形成了以定居耕作为主、狩猎为副业的生活生产方式，其饮食较为丰富。主食有高粱、糜子、小米、玉米、麦粉、粳米和大豆等，这种饮食习惯一直保持至今。

与汉族相同的是，满族的年节时令饮食也是多种多样的。除夕夜，幼辈必给年长者辞岁叩首，而后吃饺子，大年初一也要吃饺子。满族过年要吃“年饽饽”，即满族人用面粉做成的馒头、包子、饺子等面食的统称。年前先将饽饽做好，放在户外冷冻起来，故称“冻饽饽”，过年时随上屉蒸随吃。

猪肉是满族人的最爱，无论年节、祭祀或亲朋来访都要杀猪。祭祀吃“福肉”（清水煮制而成）时，过往行人都可以吃。满族还有养蜂采蜜的传统，故喜食蜜制食品，“蜜果子”“蜜饯果脯”“萨其马”“蜂糕”等都是满族的传统食品。

讨论

以上仅仅是满族节日的部分食品，还有很多美食没有列举出来。食品也仅仅是风味流派所包含的内容之一。请结合本主题学习的内容想一想，你比较了解的风味流派是哪一个，它在烹饪原料、烹调技艺、味型、饮食产品等方面有哪些独特之处。

一、回族风味

我国回族分布甚广，多与汉族杂居，西北各省比较集中，形成了大分散、小集中的特点。明、清时期回族风味基本形成。回族饮食相对具有一定的独立性，回族人根据本民族的饮食习俗和宗教特点，形成了具有民族特色的回族风味，也叫清真风味。

回族风味选料严谨、工艺精细，烹饪技法以炮、烤、涮、烩为主，口味咸鲜、汁浓味厚、肥而不腻、鲜而不膻。

西北地区的回族风味善于利用当地特产的牛羊肉、牛羊奶等原料制作，风格古朴典雅，耐人寻味。华北地区的回族风味取料广博，除牛羊肉外，海味、河鲜、禽蛋、果蔬也颇占比重，具有讲究火候、精于刀工、色香味并重的特色。西南地区的回族风味善于使用家禽和菌类植物，菜肴清鲜而不寡淡，注重原汁原味。

总的来说，回族风味代表菜以陕西的涮羊肉、烤羊肉串、炮羊肉、葱爆羊肉、黄焖牛肉、清水爆肚，甘肃的炒鸡块，银川的麻辣羊肉糕，青海的手抓羊肉（图3-21），云南的鸡坳里脊，吉林的清烧鹿肉，石家庄的全凤扒鸡，北京的它似蜜等最为著名。

回族风味小吃也名目繁多，用料广泛，应时当令，丰富多彩，如爆肚、白汤杂碎、奶油炸糕、牛羊肉泡馍、万盛马糕点等。

图3-21
手抓羊肉

趣味链接

清真全羊席

清真全羊席，元朝时已出现在宫廷里，清代为宫廷招待回族客人的高级宴席。清代袁枚《随园食单》中有“全羊法七十二种”的记载。全羊席是用整只羊入菜，以羊头、心肝肠肚、羊肉、羊蹄、羊尾、羊骨等为原料，用煎、炒、爆、蒸、熘、烤等方法，制出不同品名和风味的菜肴。上菜顺序和席面程式都有规定。现在回族的全羊席做工更精细、品种更多。

二、满族风味

满族烹饪源于东北，形成于辽宁，发展在北京。明代，满族先民女真人大举南迁，定居东北地区，形成了以杂粮为主食、猪肉为主要肉食的饮食习惯。清朝建都后，清太祖努尔哈赤鼓励满汉人民和睦相处、同席同饮，这样就使满汉民间和官府烹饪得以广泛交流，为满族烹饪更多地汲取汉族烹饪的特长创造了有利条件。清康熙二十二年（1683年），宫中也准许元旦日改满席为汉席，出现了满汉并用的局面，大大促进了满族菜肴的发展。到了清代末年，满汉并用的筵席格局广为流传。特别是京官赴任，地方用满汉席宴请，并融合一些地方菜肴而成为各具特色的满汉席。所以满汉席没有统一食单，在不同时间、不同地区、不同场合其规格也不同。

现在只有在东北地区保留着真正的满族风味。满族菜的烹调方法长于清蒸、清炖，进而有涮、氽，这是烹制满族菜突出的特点。满族风味代表菜有白肉血肠、猪羊肉火锅、什锦火锅等。满族风味代表小吃有酸汤子（图3-22）、清东陵大饽饽、栗子面窝窝头、萨其马等。

图3-22
酸汤子

趣味链接

满族饽饽

饽饽是满族日常食品，是用粟、黄米等为主料做成的黏性面食。饽饽的种类随季节而异。春季做豆面饽饽，用黄米面蒸制黏饽饽，蘸以熟黄豆磨成的豆面而成；夏季做苏叶饽饽，用苏叶包裹蒸制而成；秋冬做黏糕饽饽，用豆沙蒸制，或蘸糖而食，或油炸而食。

三、朝鲜族风味

朝鲜族是17世纪末从朝鲜迁入我国的。19世纪中叶以后，朝鲜半岛自然灾害加上帝国主义侵略，民众饥寒交迫，迫使朝鲜贫苦百姓大批迁入我国吉林延边、长白等地定居。朝鲜族人民初入延边时，延续了朝鲜饮食风格。随着交通事业发展，经济文化交流，集镇不断繁荣，饮食店铺逐渐增多，吉林本地风味又对朝鲜菜做了进一步改良，厨师们根据东北的气候和物产，博采各菜之长，结合传统风味，改进传统技艺。中华人民共和国成立后，居住在我国的朝鲜族人民培养了一大批民族厨师，烹饪技术日趋成熟，制作了许多美味的菜肴。

朝鲜族风味具有辛辣鲜香、酸甜适宜、清淡爽口、注重营养、讲究色泽的特点。朝鲜族人民喜吃泡菜，喜辣，可以说无辣不成菜。代表菜有神仙炉、铁锅里脊、生拌鱼、酱菜、泡菜(图3-23)、云梅汤、雪浓汤等，主食中以打糕、冷面最为著名。

图3-23
泡菜

趣味链接

朝鲜族泡菜

吉林延边朝鲜族自治州是中国唯一的朝鲜族自治州，具有源远流长的朝鲜族美食传统，其中以朝鲜族泡菜最具代表性。在漫长的冬季，朝鲜族民众习惯将大白菜腌制成辣白菜，并称其为“冬季半年粮”。辣白菜等传统泡菜具有帮助人们抵御严寒、补充维生素和矿物质等作用。同时，朝鲜族泡菜制作技艺也是国家级非物质文化遗产之一。

制作辣白菜时，要挑尝起来有些脆甜的上等白菜，掰掉老帮子，洗净，从根部切开10厘米，再用手掰成两半。在盐水中腌制6小时左右，流水冲洗后，将制作好的泡菜酱均匀地涂在白菜上，最后放到地窖的大缸里密封发酵，前后总共需要14天。

泡菜酱是朝鲜族泡菜的灵魂，无论是辣白菜，还是辣桔梗、辣萝卜，一切都要从制作泡菜酱开始。朝鲜族制作泡菜酱的配料有十七八种之多，包括辣椒、苹果、萝卜、白梨、番茄、鱼露、虾酱、白糖、大蒜、生姜等。配料可根据个人口味选择，而苹果、萝卜、白梨、番茄这些看似与泡菜毫不沾边的蔬果，也都为朝鲜族泡菜的鲜美发挥着关键作用。

四、维吾尔族风味

维吾尔族主要聚居在新疆，祖辈过着游牧生活，主食牛羊肉。10世纪中叶，哈拉汗王朝建立后，经济文化得到发展，生活也由游牧逐渐转向农业。加之与内地商业贸易交往日趋频繁，饮食习惯随之改变，从主食牛羊肉逐渐向肉、面、菜、果混食转变。烹调技术也由简单的烤、煮发展到蒸、炒。清朝左宗棠率军进驻新疆后，汉族的烹调技法促进了维吾尔族的烹调发展。

维吾尔族风味多以牛羊、瓜果、蔬菜为主要原料，烹调方法以烤、炸、蒸、煮见长，质地味型适应高寒气候和人体需要大热量的要求，具有油大、味重、香辣兼备的特点。代表食品有烤全羊、烤羊肉串、手抓羊肉、帕尔木丁、烧蹄筋、油馓子、羊杂碎、烤南瓜馕、薄皮包子、米汤、羊肉抓饭（图3-24）等。

图3-24
羊肉抓饭

趣味链接

维吾尔族“抓饭”

最具维吾尔族民族风味的食品是烤羊肉串和“抓饭”。“抓饭”以羊肉、羊油、胡萝卜、葡萄干、洋葱和大米焖制而成。风味独特的“抓饭”是维吾尔族节日和待客不可缺少的食品。

五、蒙古族风味

蒙古族人民大多数聚居于内蒙古，其余多分布在新疆、辽宁、吉林、黑龙江、甘肃、青海等地。此外，云南境内也居住着少量蒙古族人民。蒙古族古时以游牧为生，许多食品与其自然条件和生活方式相适应，便于携带、能长期储存且食用方便。在成吉思汗统治的鼎盛期，由于军事行动和远征的需要，在流动的牧民中广泛推行了一种肉类快速成熟方法——锄烧（即随地挖坑烧烤）。当时锄烧的全羊很有名。清代，蒙古族的奶制品做工精细、口味纯正，曾被宫中指定为御用食品。近代，蒙古族与其他民族交往频繁，农业区从南向北扩展，牧民开始定居，农业生产有了发展。随着植物性原料增多，蒙古族饮食花样也日益增多。许多传统食品在原料的使用和制作技术上都得到了进一步提高，形成了独特的蒙古族风味。

蒙古族风味以牛羊肉类、奶类为主，制作工艺讲究，多采用烤、蒸、煮、烧、炸、氽等工艺。肉奶制品的加工制作风味独特，以鲜为主，辅以胡椒、奶香、烟香等。烤全羊、手抓羊肉、奶豆腐等驰名中外，扒驼峰、松塔腰子、炸羊尾也是著名的民族风味，哈达饼（图3-25）、奶汁螺旋酥、散子糕、玻璃饺、密酥、蒙古馅饼为蒙古族风味代表小吃。

图3-25
哈达饼

趣味链接

蒙古族奶茶

蒙古族奶茶（图3-26）是在煮好的红茶中加入鲜奶制成，有时还加入黄油、奶皮子、炒米，入口奶香四溢，咸爽可口。

图3-26
蒙古族奶茶

六、藏族风味

藏族最早聚居于雅鲁藏布江中游两岸，从事畜牧业兼事狩猎和采集。7世纪松赞干布统辖西藏，建立吐蕃，开始与唐王朝接触并与文成公主联姻。此后吐唐使者来往不绝，使内地的农业生产、酿酒、碾磨等食品生产技术在西藏有了广泛的传播。饮食结构也逐渐从单纯的牛羊肉、奶为主，走向多样化，在当地的自然条件和风俗习惯下形成了藏族风味。

藏族分布于西藏、青海、甘肃、四川和云南等地。牧业区住处不固定，饮食主要以糌粑、酥油、牛奶、茶、牛羊肉为主，不吃蔬菜，偶尔采食野葱、野韭，调味仅用盐，其他均为自然味，如蕨麻的甜、酸奶的酸，烹调方法方便快捷。在城市、农业区及半农半牧的藏族居民的烹调方法已较细致，常用烤、炸、蒸、煮等技法。除牛、羊外，猪、鸡也列为肉食，有了蔬菜、常用调味料。米面和青稞为主食，喜吃味厚、重油的酥香甜食品。代表食品有炸灌肺、蒸牛舌、汆灌肠、牦牛肉干、虫草雪鸡、蕨麻油糕、赛蜜羊肉，以及饮品青稞酒、酥油茶（图3-27）等。

图3-27
酥油茶

趣味链接

藏族的糌粑

糌粑是藏族主食。用青稞或豌豆洗净炒熟后磨成面粉，食用时，将面粉与酥油茶、奶渣、糖等入于碗内混合搅拌。左手持碗，右手搓捏成不粘手的糌粑团即可食用；也可与肉、野菜、萝卜等煮成糌粑粥食用。

七、壮族风味

壮族是我国少数民族中人口最多的民族，主要分布在广西。壮族人民从事农耕历史悠久。明代，食物结构和烹调方法已和汉族接近。明末清初，玉米、红薯引入广西，使壮族饮食更加丰富。壮汉人民长期和睦相处，文化交流密切，促进了壮族风味的发展。如今壮族饮食习惯与烹饪方法趋同于周围汉族，但在节庆及重大活动中还保留着独有的民族特色。壮族风味就地取材，调味独特，工艺简单，经济实惠。

壮族的烹饪很少用外来的原料，对于当地物产广取博收、充分利用，几乎是无物不可入菜。制作一道菜肴一般使用一种技法，很少同用两种技法。口味以麻辣偏酸为主，喜食米和甜食。代表食品有鸡茸仿燕菜、柠果白切肉、壮家酥鸡、巧瓤南瓜花、状元柴把、清蒸豆腐圆、豆腐肴、酸笋炒牛肉、五色糯米饭（图3-28）、明宁壮粽等。

图3-28
五色糯米饭

趣味链接

壮族五色糯米饭

壮族的五色糯米饭是用天然植物色素染糯米蒸制而成的，三月三、清明、四月八等节日祭祀时，五色糯米饭必不可少，也是壮族待客、馈赠亲友的佳品，有的地方食五色糯米饭时，还配上腊肉、扣肉、粉蒸肉等。

八、傣族风味

傣族主要分布在云南的西双版纳、德宏地区。据史载，傣族在2 000多年前即开始种植水稻。元、明时期，商品经济已相当发达，形成了等级分明的酒宴礼俗。清末，食物来源更为广泛，除饲养猪、牛、鸡外，兼事养鱼，捕食鼠、昆虫及采集蜂蛹等，在食品风味上已形成傣族特有的糯香、酸辣风味。20世纪80年代，西双版纳等地成为旅游胜地，各类傣族餐馆发展迅速，促进了傣族烹饪技艺的交流与提高。

傣族人口味喜酸、辣、麻，喜食烘烤食品，嗜酒。日常饮食多是白糯米饭、紫米饭、带酸味的竹笋、白菜、萝卜等。傣族风味的特点是食谱广泛、酸辣香糯，烹调方法采用烤蒸、凉剁等。代表食品有牛撒撇、酸肉火烧鱼、巴冻、千层肉、石头青苔、三味蚂蚁蛋、香竹饭（图3-29）、椰子砂锅鸡等。

图3-29
香竹饭

趣味链接

傣族的昆虫菜

最能体现傣族美食特色的就是昆虫菜，即以食用昆虫为原料，加入调味料，采用煮、炸、烤等烹饪技法制成的菜肴。“云南十八怪”，其中一大“怪”，就是“虫子做成菜”，为彩云之南的傣乡美食增光添彩。

九、苗族风味

苗族大部分分散、小块聚居，分布于贵州、云南、湖南、湖北、广西、四川、海南等地，主要从事农业生产。由于各地自然条件与生产发展的差异，使各地苗族食俗也有明显的不同。特别是山区苗民受自然条件限制，食俗比较简单。自20世纪50年代后开始兴修水利，提倡因地制宜，整个苗族地区食物结构才丰富起来。

目前大部分苗族地区以大米、杂粮为主食，以采集和狩猎为副业，自给自足。烹调方法多以炖、焖为主。口味酸辣、味厚软糯为苗族风味的特点。代表食品有薏仁米焖猪脚（图3-30）、蒸糯米肠、红炒独鼠肉、油炸飞蚂蚁、炖金嘎嘎、油炸石蹦、酸木瓜炒鸡、酸汤鱼、鲊鱼、油炸粑等。

图3-30
薏仁米焖猪脚

趣味链接

苗族人食性喜酸

苗族人喜食酸食是从早期无盐的困境中寻找出的一条“以酸代盐”的生路，故有“苗家不吃酸，走路打偏偏”的俗话。现在吃盐已不成问题，但酸食的习俗却保留了下来。

十、白族风味

白族主要聚居在云南大理及周边地区。白族人民在2 000多年前就开始种植水稻。因地处南面陆上丝绸之路的灵关道地区，故经济发展较早。至唐代，无论是在炊餐器皿上，还是在节日祭祀菜点上都已达到相当高的水平，烹饪技术也相当高超，能制作许多特点鲜明的风味菜肴，如乳猪、生皮、火腿、香肠等腌制品。此外，受佛教影响，素食制作也遍及民间，烹饪技法也受到了汉族和寺院菜的影响，但仍保留独特的风味，善于腌制食品，喜酸、辣、甜、凉、麻。代表食品有生皮（图3-31）、毛驴汤锅、大面糕、柳蒸猪头、牛奶乳酸核桃茶等。

图3-31
生皮

趣味链接

生　皮

生皮是白族极具特色的菜肴，它将整只猪或羊置于稻草火上烘烤，待烤至半生半熟之际去毛再烤，直至皮肉呈金黄色时为止。吃时将肉切成肉丝或肉片，佐以姜、葱、炖梅、辣椒等调料。

其他风味流派

主题导入

孔府菜由于其特殊的历史地位和继承环境，在中国数不胜数的官府菜中，历经2 000多年不断地改良、完善、补充、提高而流传下来，弥足珍贵。据考证，现存的孔府菜是清乾隆时期总结后流传下来的孔府菜，是官府菜宴会中的极品。

孔府饮食，基本上分为两大类：一类是宴会（宴席）饮食，另一类是日常饮食。宴席菜和家常菜虽然有时互相通用，但烹饪是有区别的。

孔府宴席用于接待贵宾，在官员上任、家庭成员生辰忌日、婚丧喜寿时推出。宴席遵照封建社会严格的等级制度，有各种不同的规格标准。主要有两种：一种是用于接待皇帝和钦差大臣的“满汉全席”，是以清代国宴的规格设置的，使用全套银餐具，上菜196道，有各类山珍海味；另一种为喜庆寿贺的高级宴席。

孔府的另一类菜肴是“家常菜”，从米粥、煎饼、咸菜、豆腐到鸡蛋、豆芽、香椿、茄子，这些来自民间的常食小吃，经过孔府厨师的精巧制

讨论

中国的风味流派很多，家常菜大家接触得最多。通过本主题的学习，讨论一下，你所在的地区（大到一个省、区、市，小到一个县、镇），有哪些比较有名的家常菜，你所知道的菜肴中有哪些被有关书籍收录了、哪些还继续以『原生态』的形式保留在民间。

作，成为孔府的独特菜品，其原则是“粗菜细作、细菜精制”。所以孔府家常菜也非一般家常菜可比，不但别有风味，而且还按照孔圣人“食不厌精、脍不厌细”的饮食原则，达到非一般家庭的品级。

一、宫廷风味

历代皇帝及其嫔妃所食用的肴馔是由宫廷御膳房专门制作的，具有独特的宫廷风格。宫廷菜早在周代已形成初步规模，到了清代宫廷菜在中国历史上达到顶峰。目前，宫廷风味是按照历代皇室御膳资料研制，供现代人食用的肴馔。多数菜肴沿用了清宫的制法和风味特点。

第一，选料讲究。因为当时按御膳房要求，故选料特别严格，所用原料均为各地贡品，即使普通原料也取其精华。有各种山珍海味、奇瓜异果及著名干菜等。

第二，制作精细。历代帝王均选用各地技艺超群的厨师来为其制作菜肴。加上御膳房的优良设备，而且专人专做。有些厨师终生只负责制作某款或几款菜肴，所以，所做的菜肴十分精致。

第三，操作严谨，投料规范。宫廷菜配料严格，不得任意搭配辅料，一般主辅料都有硬性规定，不得更改。

第四，讲究本味。宫廷菜讲究原汁本味，在菜肴的色、香、味、形中，注重味道，突出本味，不允许串味和改味。做鸡菜用鸡油、鸡汁、鸡汤。冷菜也是如此，一菜一盆或攒合，各不混淆。

第五，馔名朴实，少花式而重食用。从清宫资料看，无一命名为“龙凤”的菜名，朴实无华，一看肴馔名称便可知所用原料。

总之，宫廷风味比一般风味更精细、更豪奢，所用原料更讲究，排场更大。它包括了中国各地方风味的长处。目前为大众服务的宫廷风味菜馆主要有北京的仿膳饭庄、河北承德的御膳菜、沈阳的清宫菜等。

趣味链接

北京仿膳饭庄

北京仿膳饭庄位于北海公园内，于1925年创办，是北京有名的宫廷菜馆，以“满汉全席”驰名中外。

仿膳饭庄经营的宫廷菜肴约800种，其最著名的菜肴当属“满汉全席”，可谓丰富多彩，蔚为大观。仿膳饭庄为了确保传统菜点的质量特色，一直坚持手工操作。为了不断挖掘和开发宫廷名菜，仿膳饭庄工作人员多次前往故宫博物院，在浩繁的清宫御膳档案中整理出乾隆、光绪年间的数百种菜肴，并据此研制出“燕尾桃花虾”“一品豆腐”“金鱼鸭掌”等菜肴。

二、官府风味

封建社会官宦之家所制的菜肴叫官府菜。官府菜在规格上一般不得超过宫廷菜，但与平民菜又有极大区别。官府菜形成的原因，一是一些贵族官僚之家生活奢侈，资金雄厚，用请客聚餐来彰显地位；二是一些文人墨客、官僚士大夫本身就是美食家、烹调专家，如苏轼、陆游、李渔、袁枚等，他们为饮馔之道留下了精辟的专著等。

官府菜的主要特点：一是选料讲究，多采用地方土特产，且用料精细奇特。二是烹饪工艺精湛，注重原汁本味。三是宴席种类繁多且进餐气氛和谐，虽然有各类宴席，但不像宫廷中用膳礼仪繁缛。四是菜冠人名，肴以人传，富含文化韵味。官府菜许多菜肴以发明或偏爱此肴的文人士大夫的名号、姓氏命名，此肴也随名人的名字得到迅速传扬，如陶菜、潘鱼、东坡肉等。

流传至今的官府风味主要有山东的孔府菜、北京的谭家菜和根据袁枚的《随园食单》仿制的随园菜以及西安的仿唐菜等。

趣味链接

“茄　　鲞”

《红楼梦》中贾府的菜是典型的官府菜。第41回中有一段对“茄鲞”的描述。刘姥姥不相信她吃的茄鲞是茄子做的，凤姐就告诉她：“你把才下来的茄子，把皮刨了，只要净肉，切成碎钉子，用鸡油炸了，再用鸡肉脯子合香菌、新笋、蘑菇、五香豆腐干子、各色干果子，都切成丁儿，拿鸡汤煨干了，拿香油一收，外加糟油一拌，在瓷罐子里封严了；要吃的时候儿，拿出来，用炒的鸡瓜子（剥了皮的山鸡肉或鸡的腱子肉）一拌，就是了。”刘姥姥听了，摇头吐舌道：“我的佛祖！倒得多少只鸡配他，怪道这个味儿！”

三、寺院风味

寺院风味指道家、佛家烹调和食用的以素食为主的肴馔。汉晋以后，道佛宫观寺院遍布名山大川，其间多有斋厨、香积厨，善烹三菇六耳及瓜果蔬菰。以豆腐、面筋为原料的寺院菜肴更是名目繁多。宋元至明清时期，有“全素席”和以素托荤的素鸡、素鸭、素鱼、素火腿等菜肴。寺院风味开始是为寺院僧侣制作的，后来供香客等食用，出现了寺院经营素斋及商业性的素菜馆，在一定程度上推广和发扬了寺院风味。

寺院风味包括宫观寺院的菜肴、面点、小吃等。它的主要特点：一是就地取材。寺院宫观依山而筑，僧尼道徒平日除诵经、坐禅等佛事外，其余时间多用于植稼种蔬，所以多采取山果、野菜和自己种植的瓜果蔬菜的全素原料。二是以素托荤。寺院风味不但在制作上烹制考究，而且还要求在素原料上别具匠心，出现了一系列以素代荤的菜肴，如炸溜全鱼、红扒全鸭、蟹粉白玉、笋炒鳝丝等，充分展现了中国素馔的艺术特色。

趣味链接

寺院素菜

寺院素菜中有一道名菜叫“罗汉斋”，是用18种原料做成的，意指对佛教十八罗汉的虔敬。上海玉佛寺的罗汉菜是用花菇、口蘑、香菇、鲜蘑菇、草菇、发菜、银杏、素鸡、素肠、土豆、胡萝卜、川竹荪、冬笋、竹笋尖、腐竹、油面筋、黑木耳、金针菜加调料做成的，外形丰肥，吃口清鲜，可以与鸡鸭鱼肉之味相媲美。此外，扬州大明寺的“笋炒鳝丝”（主料香菇）、重庆慈云寺的“回锅腊肉”（主料面筋）等均属素斋中的名菜，其形、色、味和质感都可乱真。

寺院素菜在民间很受欢迎。明、清时景德镇人喜欢吃的什锦豆腐羹（又叫“文思豆腐”），原是天宁寺文思和尚创制的。寺院的素什锦早已成为景德镇人的家常菜。清代美食家袁枚称赞的醋渍萝卜和腌大头菜，原是承恩寺僧人的过粥菜。

四、民间风味

民间风味就是乡村家庭和城镇家庭日常烹制食用的肴馔，即农村乡土菜肴和城镇家常菜。一个地区的民间风味的形成，早于其他风味的形成，它是中国烹饪的源头。由于老百姓的饮食生活一般不见于典籍，想要了解民间菜的历史有一定难度，但是也可以通过一些史料看到各地的一些民间菜。如明代弘治年间松江地区，有一位大学者叫宋诩，他的母亲是位家庭主妇，能烹制多种菜肴，她怕自己的烹饪经验年久失传，于是自己口述和儿子合写了《宋氏养生部》；浙江慈溪人潘清渠在清兵入关时，就关起门来做家厨，奉亲养老并著有《饕餮谱》一书，专述如何制作精美食品；杜甫《戏作俳谐体遣闷二首》中的“家家养乌龟，顿顿食黄鱼”，说的就是长江中游渔民的民间菜。以上这些虽不能反映民间风味的全貌，但可见民间风味历史悠久，品种丰富。好多市肆风味、宫廷风味的菜肴都是从民间菜演变而来的，当然其他风味对民间风味也有影响。

民间风味具有就地取材、烹制手法简单、口感适宜、经济实惠、朴实无华等特点。目前，各地开张的家常菜、乡土菜餐饮店众多，可见民间风味有一定的地位。

随堂测验

一、单项选择题

1. 下列属于四川风味代表菜的是（　　）。

   A. 九转大肠　　B. 松鼠鳜鱼　　C. 葱烧海参　　D. 宫保鸡丁

2. 下列属于福建风味代表菜的是（　　）。

   A. 烤乳猪　　B. 东坡肉　　C. 淡糟鲜竹蛏　　D. 臭鳜鱼

3. 下列属于北京风味代表菜的是（　　）。

   A. 红烧寒菌　　B. 烤鸭　　C. 水晶虾仁　　D. 牛羊肉泡馍

4. 下列属于满族风味代表菜的是（　　）。

   A. 手抓羊肉　　B. 什锦火锅　　C. 泡菜　　D. 炸羊尾

5. 下列属于成都著名小吃的是（　　）。

   A. 担担面　　B. 福山冲面　　C. 双皮奶　　D. 藕粉丸子

二、多项选择题

1. 下列属于山东名菜的是（　　）。

   A. 脆皮乳鸽　　B. 爽口牛丸　　C. 葱烧海参
   D. 清汤燕菜　　E. 盐水鸭

2. 川菜分为（　　）几个地方流派。

   A. 上河帮　　B. 下河帮　　C. 大河帮
   D. 小河帮　　E. 外河帮

3. 下列不属于江苏名菜的是（　　）。

   A. 爆墨鱼花　　B. 蟹粉馓子　　C. 叉烧鸭
   D. 冰糖甲鱼　　E. 油焖春笋

4. 下列属于上海代表小吃的是（　　）。

   A. 豌豆黄　　B. 生煎包　　C. 油墩子
   D. 排骨年糕　　E. 南翔小笼

5. 下列不属于四川小吃的是（　　）。

   A. 酸辣粉　　B. 豆汁儿　　C. 油炸臭豆腐
   D. 叶儿粑　　E. 锅盔

拓展应用

请选择一款特色菜肴或者小吃，创编一段富有文化底蕴的讲解词。

单元导读

在我国，不同地区、不同民族由于各自特殊的历史地理条件和经济文化因素，在漫长的历史进程中形成了各具特色的饮食民俗。这些鲜明、独特、奇异的风俗习惯，吸引着大量的国内外游客，是我国民俗旅游开发的丰厚资源，具有极高的旅游价值。本单元介绍了饮食民俗的基本概念、特征、种类，饮食民俗与旅游的关系，以及中国传统节日食俗和人生仪礼食俗。

学习目标

- 了解饮食民俗的基本概念和特征，熟悉饮食民俗的基本种类。
- 熟悉饮食民俗与旅游的关系。
- 掌握传统节日食俗和人生仪礼食俗。

中国饮食民俗

饮食民俗概述

● 主题导入

清明前一天为寒食节，在这个节日里有吃冷食的习俗，这个习俗来源于一个传说。相传春秋时晋国公子重耳流亡列国，途中贫病交加，随从人员中有个叫介子推的，为保全重耳性命，割下自己大腿上的肉煮熟献给重耳充饥。后来重耳回国成为晋国国君，就是历史上有名的“春秋五霸”之一的晋文公。当重耳在封赏功臣时，竟然忘了介子推，于是介子推就背着年迈的老母，躲进绵山，结庐隐居。晋文公获知后，深感对不起介子推，便派人入山寻找，但介子推说什么也不肯出山。晋文公深知介子推是孝子，便命人放火烧山，想让介子推背着母亲逃出来。不料大火过后仍不见介子推的影子，最后发现母子二人竟然抱着大树被活活烧死，这一日正是清明前一天。人们敬仰介子推的气节，又痛惜他的不幸，所以在介子推殉难的这一天，避忌举火，吃冷食以示纪念，称为寒食节。

● 讨论

在漫长的岁月里，中华民族形成了内容丰富、异彩纷呈的饮食民俗。你所在的地区有哪些饮食民俗？这些饮食民俗对当地旅游产生了什么影响？结合本主题的学习，试着和同学们讨论交流一下。

一、饮食民俗的基本概念

饮食民俗伴随着人类社会的产生而产生，经济文化的发展而发展，科技的进步而进步。它的形成和发展主要由环境、历史、经济、政治、文化诸多方面因素决定。

饮食民俗是人类饮食文化中的社会性规定和约定俗成的社会行为，它是诸多风俗中最活跃、最持久、最有特色、最具群众性和生命力的一个重要分支，是构成中国饮食文化的基本要素，对中华民族心理和性格的形成有着巨大影响。

二、饮食民俗的特征

（一）集体性和社会性

饮食民俗并不是个别人或少数人的习俗，而是社会上、集体中绝大多数人共同的习俗。尽管在饮食民俗的演变过程中，一些饮食民俗的新内容最初表现在少数人身上，但只有当这些内容被大多数人模仿接受之后才能被称为民俗。

（二）地域性和民族性

常言道“十里不同风，百里不同俗”，讲的就是饮食民俗的地区差异性，不同的地域会有不同的饮食民俗。民族是具有共同语言、共同地域、共同经济生活、共同文化、共同心理特征的民众共同体，是民俗的载体。往往由具有共同或相近习俗的人群组成民族，换言之，不同的民族有不同的饮食民俗。当然，人口众多的民族，由于地域差异等，其内部的风俗习惯差异也是明显的。

（三）传承性和传播性

传承性指饮食民俗一旦形成便会世代相袭，不会因朝代的更替或社会的变革而立即中断。正因为这一特性，一些古老的饮食民俗得以延续下来。传播性指一定地域、一定民族的饮食民俗会随着不同地域、不同民族的相互往来而向外扩散。因此，在一些相邻的民族或相近的地域单位之间会有一些相似的饮食民俗。

（四）稳定性和变异性

饮食民俗是被绝大多数人遵从的习惯，一旦形成就有较强的稳定性，其核心往往经年不变或变化很小。即使是一些落后的不合理的习俗，由于在民间根深蒂固，改变起来也很困难。当然，任何饮食民俗都不是绝对不变的，随着时代的变迁、社会的发展，以及与外界的交流，饮食民俗也会在潜移默化中发生改变。这种变异往往是先从少数人开始，逐渐被周围的人认可，是一个相对缓慢的过程。

三、饮食民俗的种类

饮食民俗的内容繁杂广泛，归纳起来，大致包括三个方面：一是属于物质系统的，如食物的种类、食法及其来历，不同地区和民族的饮食结构，日常饮食、节令饮食、仪礼饮食的特殊讲究等以及食物生产交易方面的习俗。二是属于行为系统的，如岁时节令方面的饮食民俗、家族和亲族方面的饮食民俗、人生礼仪方面的饮食民俗等。三是属于观念系统的，如宗教信仰方面的饮食民俗等。本单元着重介绍和旅游业联系较为密切的传统节日食俗和人生仪礼食俗。

四、饮食民俗与旅游的关系

（一）饮食民俗是重要的旅游资源

旅游资源是旅游活动和旅游业赖以存在的基础。所谓旅游资源，就是令旅游者感兴趣、能够把旅游者吸引来的各种因素。旅游资源范围十分广泛，旅游学理论一般把旅游资源分为自然旅游资源和人文旅游资源两大类型，其中，民俗文化旅游资源和历史文化旅游资源共同构成人文旅游资源。毫无疑问，各地区、各民族丰富多彩的饮食民俗中蕴含着许多令异地旅游者感兴趣的内容。比如，各少数民族的饮食各有特色，这种民俗文化现象，以其丰富的内容、浓厚的地方色彩、鲜明的民族特点，吸引着大量的国内外游客，构成我国民俗旅游开发的丰厚资源，具有极高的旅游价值。当然，并不是所有的饮食民俗都是旅游资源，只有那些风格鲜明、独特、奇异的风俗习惯，才可能唤起大众的游兴。

（二）旅游有助于饮食民俗的交融与发展

旅游是人们在不同地区之间的暂时流动。旅游同时也是一种文化交流，国内外的旅游者都感兴趣于旅游地不同民族的民间文化、风土人情、礼俗风尚，对于饮食更不例外。旅游者了解一地的风俗，自然会加以传播，使民俗的知名度得到提高。由于旅游业的开发，可以挖掘出许多不受人注意的饮食民俗，进而拓展各地饮食的内容，丰富了这个民族的饮食文化，这不仅让旅游者尽兴，还能让当地人民受益。

（三）了解饮食民俗是做好旅游接待的重要前提

旅游与饮食民俗之间有着特殊的关系。对旅游者来说，饮食民俗令他们向往，他们渴望了解或体验目的地的有关饮食民俗；对旅游开发者来说，饮食民俗资源是他们开发的对象；而对于旅游接待一方来说，饮食民俗知识是他们必须具备的。

旅游接待者一方面要熟悉本地的饮食民俗，以便回答旅游者随时可能提出的有关问题。另一方面要了解主要客源地的有关饮食民俗。旅游者来自不同地区、不同国家、不同民族，对旅游服务会有不同的要求。作为接待者，要使自己的服务令旅游者满意，一个重要的前提是要了解客源地的有关饮食民俗。只有熟悉旅游者的饮食民俗背景，才可能了解旅游者的需求特点，从而为旅游者提供个性化的服务，这是保证和提高旅游服务质量的有效途径。

饮食民俗文化作为现代旅游文化中的一部分，在很大程度上充实了现代旅游的文化内涵，对增强现代旅游的发展后劲，起着巨大的推动作用。

传统节日食俗

主题导入

从汉代开始，把辞旧迎新的节日定在每年正月初一，叫“正旦”“元旦”“元日”。在旧的一年过去、新的一年来到之时，人们庆祝过去一年的收获，祈望新的一年里更加美好，不忘祖先的护佑，感谢神祇的赐福，于是制作出特别的食物祭祀祖先和供奉神祇。同时又在阖家团聚中食用满载着美好祝愿的食物，求得吉祥如意。

讨论

中国的传统节日食俗众多，通过上面的例子以及本主题的学习，你还能想到哪些延续至今的节日食俗？

传统节日食俗即年节期间饮食方面具有传统文化色彩的风俗事项，主要包括节庆食品和饮宴风尚。年节饮食习俗的涵盖面广、类型众多。如按时代划分有传统节庆食俗和现代节庆食俗；按民族划分有汉族节庆食俗和少数民族节庆食俗；按季节划分有春令、夏令、秋令、冬令节庆食俗；按性质划分有历法推定食俗、农事调适食俗、宗教起源食俗、祖灵祭祀食俗、历史纪念食俗、民族传说食俗、社交娱乐食俗等。

一、春节食俗

春节俗称“新年”，是汉民族的传统节日。据说五帝之一的颛顼以农历正月为元，初一为旦，后历代岁首日期不尽一致。辛亥革命后，农历正月初一改称春节，公历1月1日称新年。民间过年有守岁、拜年、送对子、贴年画、放鞭炮、走亲探友、耍社火等习俗。

在饮食方面，除夕的食俗，南北方差异明显。北方过年一定要吃饺子，取更岁交子之意。包饺子讲究皮薄、馅足、捏紧，忌讳“烂”和“破”。有的地区会在个别饺子里包入硬币，寓意谁吃出来谁就财运亨通。还有如山东地区吃素馅饺子，泰安一带吃黄面窝窝，河南地区饺子煮面条，意为“银线吊葫芦”或“金丝穿元宝”。

在南方，春节多吃年糕等米制品。在湖南，春节第一餐要吃“年糕”，意为“一年更比一年高”，而湖南的苗族人，春节第一餐吃的是甜酒和粽子，寓意“生活甜蜜，五谷丰登”。湖北有的地方春节第一餐喝鸡汤，象征“清泰平安”。广东潮州一带，春节第一餐常吃用米粉和萝卜干油炸而成的“腐圆”，喝芡实、莲子等熬成的“五果汤”，寓意“生活甜美，源远流长”。

二、元宵节食俗

元宵节又称“上元节”“元夕节”“灯节”，为汉族传统节日之一。元宵节吃元宵，历史悠久，迄今亦然。

北宋以前，人们在开水锅里放入糯米粉、白糖，配以蜜枣、桂花、桂圆等制成各式甜味圆子羹，实际上是一种无馅圆子。到了南宋，才包入糖馅，称“乳糖元子”。有馅元宵分为甜味和咸味两种。甜味以白糖、核桃、桂花、芝麻、山楂、豆沙、枣泥、冰糖等制馅；咸味的可荤可素，或将肉剁成蓉单包，或配以素菜合包，也可将蔬菜烫熟剁成细末，拌和调味料作馅，风味有异，各具特色。元宵节除吃元宵外，各地还有许多不同的饮食习惯。如陕西人吃的“元宵茶”，即在面汤里放进各种蔬菜和水果做成；河南洛阳、灵宝一带吃枣糕；昆明人多吃豆面团等。

三、清明节食俗

清明节，又名踏青节、行清节、三月节、祭祖节，时间通常在每年阳历4月4—6日的某一天。清明本为二十四节气之一，但是由于它在一年季节变化中占有特殊地位，加上寒食节的并入，清明便成为一个重要的节日。

现在的清明节是古代清明节与寒食节的合二为一。古代寒食节禁用烟火，人们只食先期做好的熟食，因为吃的时候已经放置凉了，故谓之寒食。大约到了唐代，寒食节与清明节合二为一，节日里有扫墓祭祖、插柳、植树、荡秋千等活动，祭祖扫墓之俗就始于唐代。清明正值农历暮春三月，人们把扫墓和郊游结合起来，到野外作春日之游，然后围坐饮宴，形成了遍及全国南北的踏青之俗。

江南一带清明节有吃青团的风俗习惯。青团用艾草或麦汁配上糯米磨成的米粉制成绿色团子，馅心常用豆沙（图4-1）。浙江南部地区也有用鼠曲草捣揉后拌糯米粉包入豆沙或春笋鲜肉等，称“清明果”（图4-2）。青团起初是江南一带百姓用以祭祀祖先的重要食品，现在也成为南方许多地区清明节的重要食俗。

图4-1
青团

图4-2
清明果

四、端午节食俗

端午节又称端阳节、重午节。一般传统的说法认为端午节源自纪念屈原的活动。然而专家学者在考证之后提出了“恶日禁忌”“祭龙活动”两种新的起源学说，都起源于原始朴素的民间信仰。端午节食用的粽子，也是起源于南方祭祖制作的“角黍”。在历史发展的过程中，这些习俗互相融合，直到屈原传说的加入，为它们添上了新的动力，端午才从此成为一个重要的节日。

端午节的食俗除了人们所共知的吃粽子外，我国各地还有丰富多彩的食俗习惯。我国江汉平原每逢端午节时，除吃粽子外还必食黄鳝。端午时节的黄鳝，圆肥丰满，肉味鲜美，营养丰富，不仅食味好，还具有滋补功能。因此，民间有“端午黄鳝赛人参”之说。

思考与讨论

中国的粽子口味有甜咸之分。一般来说，南方人更爱吃咸口的，比如肉粽、蛋黄粽，而北方人更爱吃甜的红枣粽，这和中国人南甜北咸的口味差异正好相反，这是为什么呢？

在浙江温州地区，端午节除了吃粽子以外，家家还有吃薄饼的习俗。薄饼是采用精白面粉调成糊状，在又大又平的铁煎盆中，烤成一张张形似圆月、薄如绢帛的半透明饼，然后用绿豆芽、韭菜、猪肉丝、蛋丝、香菇等作馅，卷成圆筒状，一口咬去，可品尝到多种味道。

吉林延边朝鲜族人民在端午节这天按习俗惯例举行盛大的祭典活动。人们饮酒跳舞，尽情玩乐，还举办传统的摔跤比赛。这一天最有代表性的食品是清香的打糕。打糕，就是把艾蒿与糯米饭放在大木槽里，用长柄木捶打制而成的糯米糕。这种食品既有民族特色，又增添了节日的气氛。

我国许多地方还流行端午食“五黄”的习俗，即饮雄黄酒，食黄鱼、黄瓜、咸蛋黄、黄鳝(有地方用黄豆)，不过雄黄酒有毒，如今少有人饮了。

趣味链接

五芳斋粽子

五芳斋粽子是浙江嘉兴特色传统名点，以糯而不烂、肥而不腻、肉嫩味美、咸甜适中而著称，尤以鲜肉粽最为出名。被誉为“粽子之王”的五芳斋粽子选料讲究，通过配料、调味、包扎、蒸煮等多道工序精制而成。作为中国最大的粽子产销企业，嘉兴五芳斋的粽子年产量超过1亿只，品种已发展到近百个，分为礼品类、家常类、出口类三大系列，主要有大肉粽、豆沙粽、蛋黄粽、栗子粽、火腿粽、血糯粽等。

五、中秋节食俗

每年农历八月十五日为“中秋节”，又称“仲秋节”“团圆节”，这一天人们共同赏月并品尝月饼，是我国民间南北皆同的传统风俗。

中国地域广大，人口众多，风俗各异，中秋节的食俗也多种多样，并带有浓厚的地方特色。福建人有中秋吃鸭子的习俗，因此时正是鸭子最肥壮的季节，福建人用福建盛产的槟榔芋和鸭子一起烧，叫槟榔芋烧鸭，味道非常好。南京人中秋也吃金陵名菜“桂花鸭”。四川人也在中秋节杀鸭子，吃烟熏鸭。潮汕地区中秋美食品种颇多，主要可分为两大类：一是糕饼类，如甜的、咸的、荤的各色月饼，要求必须是正圆形；二是秋季上市的柚、柿、阳桃、菠萝、石榴、橄榄、芋头等各色农产品。

我国有20多个少数民族也过中秋节，但节俗各异。壮族习惯于在河中的竹排房上用米饼拜月，少女在水面放花灯，并演唱优美的《请月姑》民歌。傣族是对空鸣放火枪，然后围坐饮酒，品尝腌蛋和干黄鳝等，谈笑望月。黎族称中秋节为“八月会”或“调声节”，届时各集镇举行歌舞聚会，每村由一“调声头”（即领队）率领男女青年参加。人员聚齐后，大家互赠月饼、香糕、甜粑、花巾、彩扇和背心，成群结队，川流不息。入夜便聚集在火旁，烤食野味，痛饮米酒，开展盛大的调声对歌演唱，未婚青年趁机挑寻未来的伴侣。

六、重阳节食俗

农历九月九日是民间的重阳节，古人以九为阳数，月、日都逢九，叫“重阳”，俗称“重九”。在我国民间各地，重阳节有登高、赏菊、插茱萸、放风筝、饮菊花酒、吃重阳糕等习俗。

在我国，四川地区在重阳节有吃糍粑的习俗，华东地区则在重阳节享用新上市的大闸蟹，陕北地区在重阳节食用荞面熬羊肉。福建莆田的人们沿袭旧俗，要蒸九层的重阳米果。在滇西的一些乡村，重阳节时老人们都会聚到一起，泡制着掺上了收获在七月间的金银花的茶。黔东北土家族较为重视重阳节，过节须打糯米粑粑、推豆腐、祭“家虎”，有“重阳不打粑，老虎要咬妈；重阳不推豆腐，老虎要咬屁股”的说法。

七、腊八节食俗

腊八节，又名佛成道节，时间为农历十二月八日。本为佛教纪念佛祖释迦牟尼成道的节日，佛门弟子为纪念此事，就在这一天施粥，宣扬佛法，后来也成为民间的一种节日。

腊八粥一般用各种米、豆、果品等一起熬制而成(图4-3)。腊八粥不仅是礼佛食品、民间小吃，也是腊八节的重要礼品。一些地方"腊八"要大开筵宴，如湖南澧州，于腊八日，"乡村筹钱，具醪酒、羊豕、矮兔，鸣腊鼓，祭报谷之神，乃燕耆老于上，群聚饮于下"。在我国北方，有"小孩小孩你别馋，过了腊八就是年"之说，过腊八意味着拉开了过年的序幕。因此每到腊八节，除了腊八粥以外，北方许多地区泡制腊八蒜，还有吃腊八面、吃麦仁饭等习俗。

图4-3
腊八粥

人生仪礼食俗

主题导入

宋人的《猗觉寮杂记》记载:“唐人生日多具汤饼,世所谓‘长命面’者也。”唐代的“生日汤饼”(唐代把煮的面食叫“汤饼”,面条是其中之一)到宋代叫“长命面”,现在叫“长寿面”。关中的“长命面”发展到宋代以后慢慢演变为现在的“臊子面”。

讨论

你遇到的还有哪些人生仪礼食俗,结合本主题的学习和自身经历与同学讨论一下。

人生仪礼又称个人生活仪礼,指人的一生中,在不同生活与年龄的重要阶段,所举行的不同仪式和礼节,在人生仪礼活动中逐渐形成了一系列饮食习俗。我国的人生仪礼食俗主要有诞生礼食俗(满月酒、周岁宴等)、婚嫁礼食俗、寿庆礼食俗和丧葬礼食俗等。人生仪礼食俗的基本特点是遍邀至亲、好友参加,宾客必备盛礼祝贺或悼念,主家循例大张宴席。人生仪礼食俗寓礼于仪,寓教于食。

一、诞生礼食俗

诞生仪礼是人生的开端之礼，而在我国传统的认识中，家庭每每“增人添丁”是展现家族人丁兴旺的大事，所以非常被看重。并且，由于我国的家庭结构是以血缘关系为纽带组成的，婴儿的降生预示着血缘有所继承，因此父母及整个家族都十分重视，形成了有关婴儿诞生的一些饮食习俗。民间流行的诞生食俗最常见的有“满月”和“抓周”等。

（一）满月

新生儿满月后，主家宴请亲友，并给婴儿理发。在许多地方，给婴儿做满月所请的酒，也叫吃满月蛋，属民间喜庆宴席之一。这种喜酒与其他宴席不同的是，凡来吃酒的亲友，主家都会发煮熟染色的红鸡蛋（图4-4）作为礼品请亲友带回去。

图4-4
红鸡蛋

（二）抓周

当小孩儿一周岁时，亲友齐集祝贺，给小孩儿面前摆上各种东西如书本、笔墨、剪刀、算盘、食物等，让孩子凭兴趣随便拿，此为“抓周”，以此来预测孩子将来的职业和前程。

二、婚嫁礼食俗

我国婚礼自古以来都受到个人、家庭和社会的高度重视。《礼记》中讲，婚礼有纳彩、问名、纳吉、纳征、请期、亲迎六种礼节。近代以来，比较传统的婚礼一般是从下聘礼开始，到新娘回门结束。而在整个的婚礼过程中，饮食的内容不仅不可或缺，甚至在有的环节中还会起到决定性的作用。

婚礼中男方向女方下聘礼的种类，自古以来不胜枚举，多是带有吉祥美好寓意的食物：有的取其吉祥，以寓祝颂之意，如羊、香草、鹿等；有的象征夫妇好合，如胶、漆、合欢铃、鸳鸯、鸡等；有的取各物的优点、美德以资勉励，如蒲、苇、卷柏、鱼、雁、九子归等。

我国民间传统婚庆活动，重点在结婚三日内，即结婚当天、第二天和第三天，这几天有婚事的家庭酒宴活动频繁。与饮食有关的活动主要有女家的“送”宴席，男家的婚宴、交杯酒、闹房、撒帐、吃长寿面、拜水茶、新妇下厨房、回门等。结婚当天上午，新郎在亲友的陪同下到新娘家“娶亲”。女家设宴席款待女婿、媒人及来宾，女家亲友及邻里也参加宴席，然后择时“发亲”。到男家后，新娘与新郎并立，合拜天地、父母，夫妻互拜，然后入洞房合卺（交杯酒）。

趣味链接

合卺和交杯酒

“合卺”是最重要的结婚仪礼，大约始于周代，即以一匏瓜剖成两瓢，新婚夫妇各执其一，喝酒漱口。后世因之称男女成婚为合卺。宋朝孟元老《东京梦华录·娶妇》记载：“用两盏以彩边结之，互饮一盏，谓之交杯酒。”并有饮完将杯掷地验其俯仰以卜和谐的习俗。近现代婚礼中的交杯酒已经脱离了其本身的含义，仅作为表示夫妻之间相亲相爱、白头偕老的一种仪式。

各地民间新娘入洞房后有“撒帐”习俗，旧时多流行于汉族某些地区。其做法因时因地而异，目的也不尽相同。民间把枣子、栗子、桃子、李子、橘子等与孩子、儿子、孙子的“子”联系起来，于是产生了以枣栗“撒帐”祝早生贵子的习俗。北方民间，在新婚夫妇入洞房前，多是选一“吉祥人”，手执盛有枣栗等物的托盘，唱《撒帐歌》撒帐，此习俗在我国传承至今。

新婚的第三天是新娘回门的日子，回门也称“归宁”，古称“拜门”。新婚夫妇一块回门，取成双成对吉祥意。岳家设宴，新女婿入席居上座，由女方尊长陪饮。

三、寿庆礼食俗

我国民间传统意义上的“祝寿”一般从50岁开始,50以下的诞生日通常称为“过生日”。给老人做寿，各地也有不同的习俗，一般50岁以后每年在家庭内部举行一次，每10年做一次大范围的祝寿活动。80岁及其以上长辈举行的诞生日庆贺仪礼称为“做大寿”。大范围的做寿活动一般均邀亲友来庆贺，晚辈与亲友要给老人赠送寿仪，礼品有寿桃、寿联、寿幛、寿面等，并要大办宴席庆贺，亲朋好友共饮寿酒，尽欢而散。

寿宴中，必以寿面为主。寿面一般长1米，每束须百根以上，盘成塔形，罩以红绿镂纸拉花，作为寿礼敬献寿星，必备双份，祝寿时置于寿案之上。寿桃一般用面粉制成，也有的用鲜桃，由家人置备或亲友馈赠，庆寿时陈于寿案上，九桃相叠为盘，三盘并列。传说西王母做寿在瑶池设蟠桃会招待群仙，因而后世祝寿均用桃。“酒”与“久”谐音，故祝寿必用酒。为老人祝寿举办的寿宴也有讲究，菜品多扣“九”“八”，宴席名如“九九寿席”“八仙席”等。

四、丧葬礼食俗

丧葬古称凶礼，是人生仪礼中的最后一件事，对于自然寿终的老人，中国民间视为“喜丧”，也叫“白喜事”，和“红喜事”一样，白喜事的排场也比较大，晚辈子女在哀悼尽孝的同时，对前来吊唁以及帮助处理丧事的亲友及工人以酒菜招待，于是就有了丧葬食俗。我国苏浙沪地区把丧葬用餐称为“吃豆腐饭”，相传是豆腐发明者淮南王刘安在其父丧事后以豆腐招待答谢吊唁宾客而形成的地方习俗，也可能与丧葬用餐的茹素清淡关系有关。

随堂测验

一、单项选择题

1. 寒食节是为了纪念（　　）。

A. 屈原　　B. 伍子胥　　C. 介子推　　D. 卫子夫

2. 腊八节的饮食习俗源自（　　）。

A. 道教　　B. 拜火教　　C. 伊斯兰教　　D. 佛教

3. 清明节有吃清明果习俗的是（　　）。

A. 浙江　　B. 江西　　C. 江苏　　D. 四川

4. 重阳节有吃糍粑习俗的是（　　）。

A. 河南　　B. 四川　　C. 浙江　　D. 湖南

5. 端午节食用打糕的是（　　）。

A. 汉族　　B. 朝鲜族　　C. 满族　　D. 壮族

二、多项选择题

1. 中国传统节日有（　　　）。

A. 春节　　B. 中秋节　　C. 清明节

D. 重阳节　　E. 情人节

2. 以下食物属于江南在端午节食用的“五黄”之一的是（　　　）。

A. 黄鳝　　B. 黄豆　　C. 黄瓜

D. 黄鱼　　E. 咸蛋黄

3. 清明节的活动有（　　　）。

A. 扫墓祭祖　　B. 插柳　　C. 登高

D. 植树　　E. 荡秋千

4. 以下属于重阳节的习俗有（　　　）。

A. 赏菊　　B. 放风筝　　C. 饮菊花酒

D. 登高　　E. 吃鸡蛋

5. 人生仪礼食俗包括（　　　）。

A. 诞生　　B. 婚嫁　　C. 寿庆

D. 丧葬　　E. 开学

拓展应用

以小组为单位，调查某一传统节日或人生仪礼的饮食习俗。

单元导读

中国是茶的故乡，几千年来中华民族积累了大量关于茶叶种植、生产的物质文化，更积累了丰富的有关茶的精神文化；中国是酒的王国，数千年以来诞生了灿烂多姿的酒文化。本单元主要介绍了茶文化的历史、中国茶的种类及名品、中国的茶艺与茶道；中国酒的历史、中国酒的种类与名品、中国的酒文化以及酒文化的旅游功能。

学习目标

- 了解茶文化的历史。
- 掌握中国茶的种类及名品。
- 了解中国的茶艺与茶道。
- 了解中国酒的历史。
- 掌握中国酒的种类和名品。
- 了解中国的酒文化和酒文化的旅游功能。

单元五

中国茶酒文化

中国茶文化

● 主题导入

日本——中国唐代，“吃茶”传入日本；明代中后期（日本安土桃山时代），千利休集茶道大成，推出了日本的茶道。

俄罗斯——从1638年“蒙古可汗”赠送俄国沙皇一包“草”（茶叶）开始。

英国——据说始于17世纪后半叶的英王查理二世时代。至乔治一世饮茶风行英国，形成“午后茶”习俗。

美国——大约在17世纪中叶传入，后演变出“冰茶”。

印度——1780年首次引种中国茶（茶籽）。

斯里兰卡——1841年首次引种中国茶（茶树）。

印度尼西亚——1827年以后引种中国茶（茶籽）。

以上列举了一些例子，从中可以看到中国茶和茶文化的向外传播。

● 讨论

从上面的资料中可以发现中国茶文化源远流长。请结合本主题的学习内容试着讨论一下不同历史时期的中国茶文化有什么特点。

一、茶文化历史

中国是茶的故乡，是世界上最早发现茶树、利用茶叶和栽培茶树的国家。茶被人类发现和利用有四五千年的历史。

（一）茶文化的产生

茶的利用最初是孕育于野生采集活动中的，依照《诗经》等有关文献记载，茶泛指诸类苦味野生植物性原料。在食医合一的历史年代，茶类植物的止渴、提神、消食、除瘴、利便等药用功能是不难为人们所发现的。巴蜀地区在历史上被认为是疾疫多发的“烟瘴”之地。“番民以茶为生，缺之必病”，正是这种地域自然条件决定了人们的饮茶习俗，使巴蜀人首先“煎茶”服用以除瘴气，解热毒，久服成习，药用之旨逐渐隐没，于是茶成了一种日常饮料。秦人入巴蜀时，见到的可能就是这种作为日常饮料的饮茶习俗，而茶以浓重的文化面貌出现是在汉魏、两晋、南北朝时期。

两汉、三国时期，文人、官宦之家已兴饮茶之习。茶作为贡物，入内府之后，皇室又作为赏赐品，赐给群臣。两晋、南北朝时期，出现了陆纳、桓温以茶代酒之举；南齐武帝萧赜是个比较开明的帝王，死前下遗诏，说他死后丧礼尽量节俭，不要以三牲为祭品，只放些干粮、果饼和茶饭便可以，并要“天下贵贱，咸同此制”。可见，当时饮茶不仅为了提神解渴，已开始产生社会功能，成为以茶待客、用以祭祀并成为一种精神、情操的手段。与此同时，文人雅士时兴清谈之风，许多玄学家、清谈家从好酒转为好茶。此时饮茶不仅作为饮食的物质形态，更具有显著的社会、文化功能。

趣 味 链 接

蒙 顶 茶

蒙顶茶产于四川省雅安市的蒙顶山，历史悠久，是中国最古老的名茶之一，被尊为茶中故旧、名茶先驱。“扬子江中水，蒙山顶上茶”是对蒙顶茶极度的赞誉。茶圣陆羽在评价名茶时列“蒙顶”为茶中第一。

蒙顶茶之所以为世独珍，是因为它具有优良的品质、得天独厚的自然条件以及精良的制茶工艺。唐代蒙顶茶被列为贡品入贡皇室，宋代蒙顶茶是茶马贸易的专用商品。

早在西汉甘露年间（前53—前50年），县人吴理真亲手将七株“灵茗之种，植于五峰之中，高不盈尺，不生不灭，迥异寻常”。这是我国人工种植蒙顶茶最早的文字记载。现在，吴理真种茶遗址——皇茶园、汲水浇茶的古蒙泉、结庐休息的甘露石室、河神之女采茶仙姑的雕像，正吸引着众多旅游者前往参观，驻足凭吊。世界茶文化发源地蒙顶山所产的茶，随着南北丝绸之路走向五湖四海。

（二）茶文化的形成与发展

唐代是中国茶文化的形成和发展期，是中国茶文化史上划时代的时期。其形成原因如下：

（1）唐代随着经济、文化的昌盛与发展，茶的生产进一步扩大，饮茶之风盛行南北。

（2）茶文化的发展与佛教的发展有关，隋唐之际，佛教在中国迅速发展。禅宗主张佛在内心，提神静心、自悟，所以要“坐禅”。坐禅既不能吃晚饭，又不能睡觉，而既能解渴又可以提神的茶，自然成了僧人喜爱的饮料。

（3）唐代茶文化的形成还与科举制度有关。唐代采取严格的科举制度，科考中考生和考官均备感疲惫，朝廷特命将茶果送到考场。举子们来自全国各地，朝廷一提倡，饮茶之风便更快地在士人中流行。

（4）与唐代诗风大盛有关。唐代是我国诗歌鼎盛时期，诗人要激发文思，需要提神之物助兴。有的诗人以酒助兴，相当多的人不会饮酒则以茶助兴。

（5）与唐代贡茶的兴起和中唐以后唐王朝禁酒有关。贡茶促进了名茶、茶具的发展，禁酒使更多人转向饮茶。

以陆羽的《茶经》为标志，中国的茶文化已经形成，民间称陆羽为“茶神”“茶圣”“茶仙”（图5-1）。《茶经》是一部独具匠心的茶文化经典著作，它把精神与物质融为一体，突出反映了中国传统文化的特点；它把饮茶当作一种艺术过程来看待，创造了烤茶、选水、煮茗、列具、品饮等一整套中国茶艺；它把“精神”贯穿于茶事之中，强调茶人的品格和思想情操，把饮茶当作自我修养、锻炼志向、陶冶情操的手段。陆羽首次把我国儒、释、道的思想与饮茶过程融为一体，首创中国茶道精神，搭建中国茶文化的基本框架，为茶文化的形成与发展作出了卓越的贡献。

图5-1
陆羽雕像

趣味链接

"吃　茶"

唐代人不说饮茶是"喝茶"而是"吃茶"，这是因为当时的茶确实是"吃"的。

1987年，陕西宝鸡法门寺地宫出土了唐僖宗供奉给佛祖的一套茶具，是我国迄今为止仅见的一套唐代宫廷茶具实物，也是世界上目前发现时代最早、配套最完整、等级最高的茶具。它全面展示了从烘焙、研磨、过筛、贮藏，到烹煮、饮用等制茶工序及饮茶的全过程。结合《茶经》和其他诗词文献了解到，唐人有把鲜茶叶采摘下来捣碎后煮成浆汤状放进调料吃的。后来比较普遍的是先把茶叶烘焙至干（有的人还喜欢自己直接采摘烘焙），磨碎研末，用细眼箩筛过，留下粉末状的茶叶末待用。一种吃法是先在碗里放进椒盐葱姜等调料，再倒入适量茶叶粉末，水烧开后少量冲入，搅拌至匀，然后再冲入适量开水，"茶汤"就制作好了，可以"吃"了。另外一种是把调料、茶叶粉末适时放进开水锅里，再用勺把制作好的"茶汤"均匀分到小碗中"吃"下去。煮和加调料、牛羊奶等的方法现在还部分保留在一些少数民族的饮茶习俗中。

冲泡而饮的"喝茶"形式已经是明代以后的方法了。

（三）茶文化的进一步拓展

从五代至宋、辽、金，是茶文化的拓展期，这一时期是我国封建社会的转折时期，中原王朝已经开始衰落，但北方民族崛起，南北民族大融合，茶文化正是在这种民族的交融、思想碰撞的时代得到发展。特别是茶文化传播的社会层面或地域都大大超过了唐代。茶文化从唐代以僧人、道士、文人为主而进一步向上下两层拓展，宋代一建立便在宫廷兴起饮茶风尚，宋徽宗还亲自作《大观茶论》，宫廷茶文化正式形成。另外，市民茶文化和民间斗茶之风也开始兴起。斗茶又称“茗战”，是古人集体评茶品质优劣的形式。斗茶之风的盛行促进了茶叶学和茶艺的发展。到了宋代，中原茶文化通过宋辽、宋金的交往，正式作为一种文化内容传播到北方游牧、狩猎民族之中，奠定了此后北方民族饮茶的习俗和文化风尚基础，甚至使茶成为中原政权控制北方民族的一种国策，使茶成为联结南北经济、文化的纽带。宋、辽、金时期，是中国茶文化承上启下的时代。随着理学思想的出现，儒家的内省观念进一步渗透到饮茶之中。在茶艺上，将唐代的穿饼，发展为精制的团茶，使制茶工业化，增加了茶艺的内容，并且出现了大量散茶，使论茶和饮茶开始简易化。宫廷中贡茶和茶仪、茶宴大规模地举行，使茶文化进一步拓展、提升的同时，民间的点茶和斗茶之风的兴起，又将茶艺拓展到广泛的社会层面，使茶文化向更深、更广的范围发展。

趣味链接

宋代点茶

宋代是古代中国的茶盛时代，上至皇帝、文人士大夫，下至百姓，无不好茶，由于整个社会流行蒸青团茶，于是衍生出一种与众不同的品饮方式——点茶。

所谓点茶，就是指将茶碾磨成末后，投入茶盏调膏，然后以沸汤点注的一种茶品冲泡方法。宋蔡襄的《茶录》中也有记载，将茶碾成细末，置茶盏中，以沸水点冲；先注少量水调膏，继之量茶注汤，边注边击拂，使之产生汤花，达到茶盏边壁不留水痕者为佳。

关于点茶，宋徽宗在《大观茶论》中亦有精妙论述。茶汤逐渐形成“疏星皎月”“珠玑磊落”“轻云渐生”“浚霭凝雪”“乳点勃然”，最后“乳雾汹涌，溢盏而起”，形成美丽的沫饽，尽显茶汤之美。

自然而然却又美轮美奂，后人称之为“七汤”点茶法。

点茶可不止是为了好看，还会使茶更好喝。吃茶品饮主要是茶汤的沫饽，这是茶的精华所在。啜一口含在口中，随着气泡破裂，茶香、乳香的鲜爽在口腔一齐迸发，使人产生一种“美好而有动感”的享受。

（四）茶文化的曲折发展

自元代以后，茶文化进入曲折发展期。虽然茶事兴旺，但茶艺走向琐碎、奢侈、繁复，失去了唐代茶文化深刻的思想内涵，在朝廷、贵族、文人那里，喝茶成了“喝礼儿”“喝气派”“玩茶”。

元代蒙古人入主中原，由于北方少数民族饮茶主要出于生活、生理的需要，从文化上对品茶煮茗兴趣不大。而汉人面对国破家亡，无心以茶事表现自己的风流倜傥，而只是通过饮茶抒发自己的情操、磨砺自己的意志，从而促使茶艺向简约发展。

明末清初，精细的茶文化再度出现。此时，许多文人一生泡在茶壶里，既不愿“失节助清”，又不能挽救时局，反映了封建社会日趋没落，文人无可奈何的悲观心境。而有志文人忧国忧民，已无雅兴去悠闲品茶。但优秀的茶文化精神并未消失，而是进入千家万户。茶文化作为一种高雅的民族情操，与人民日常生活紧密结合起来。

二、中国茶的种类及名茶

（一）茶的种类

（1）以茶叶产地的山川名胜命名分类。如“黄山毛峰”“西湖龙井”“庐山云雾”“井冈翠绿”“苍山雪绿”等。

（2）以茶叶的形状命名分类。如“碧螺春”“瓜片”“雀舌”“银针”“松针”等。

（3）以茶叶的加工方式分成基本茶类和再加工茶类。基本茶类包括绿茶、红茶、乌龙茶、白茶、黄茶、黑茶等；再加工茶类包括花茶、果味茶、紧压茶、药用保健茶和含茶饮料等。

（二）中国名茶

中国茶叶历史悠久，名茶众多。所谓名茶，指具有一定知名度的好茶，它通常具有独特的外形、优秀的色、香、味品质，并在国内、国际评比得奖，中国公认的十大名茶如下。

1. 西湖龙井（炒青绿茶）（图5-2）

产于浙江省杭州市西湖山区的狮峰、龙井、云栖、虎跑、梅家坞，故有"狮""龙""云""虎""梅"五品之称。龙井茶品质特点是色绿光润，形似碗钉，藏锋不露，匀直扁平，汤澄碧翠，茶叶柔嫩，香高隽永，味爽鲜醇，故以"香清、味鲜、色翠、形美"而著称，龙井茶分为11级（特级、1~10级）。春茶在四月初至五月中旬采摘，一年中春茶品质最好。

2. 洞庭碧螺春（炒青绿茶）（图5-3）

产于江苏省苏州太湖的东洞庭山和西洞庭山。其特点是有花香果味，芽叶细嫩，色泽碧绿，形纤卷曲，满披茸毛。该茶采制于"春分"到"谷雨"时节，原称"吓煞人香"，康熙皇帝以其名不雅，按照茶色碧绿，卷曲似螺，故命名为碧螺春。若在谷雨节气之后采摘的茶叶，因其芽叶逐渐长大，就不是碧螺春了。

3. 太平猴魁（烘青绿茶）（图5-4）

产于安徽省太平县（今黄山市黄山区）猴坑，猴坑遍生兰草，茶季正值兰花盛开，花香逸薰，使茶叶香高持久，味厚鲜醇，回甘留香，汤色绿翠明澈，冲泡杯中芽叶成朵，升浮沉降，与叶翠汤清相映成趣，并有兰花之香。太平猴魁的外形：叶裹顶芽，芽藏锋露尖，顶尖尾削形成两端尖细的特殊形状，有"猴魁两头尖，不散不翘不卷边"之称。

图5-2
西湖龙井

图5-3
洞庭碧螺春

图5-4
太平猴魁

4. 黄山毛峰（烘青绿茶）（图5-5）

产于安徽省著名风景名胜地黄山，其特点是香清高，味鲜醇，芽叶细嫩多毫，色泽黄绿光润，汤色清澈透明。黄山毛峰分为4级，即特级、1~3级。

5. 六安瓜片（烘青绿茶）（图5-6）

产于安徽省六安市的金寨县，品质以齐云山蝙蝠洞所产最优，故又称“齐云瓜片”。该茶是由柔软的单叶片制成，其特点是茶味鲜爽回甘，汤色清绿明澈。

6. 信阳毛尖（炒青绿茶）（图5-7）

产于河南省信阳地区，以“五山”（车云山、震雷山、云雾山、天云山、脊云山）、“两潭”（黑龙潭、白龙潭）为主要产地。该茶特点是外形细、圆、紧、直，多白毫，芽叶嫩匀，色绿光润，内质清香，汤绿味浓。

图5-5
黄山毛峰

图5-6
六安瓜片

图5-7
信阳毛尖

7. 君山银针（黄茶）（图5-8）

产于湖南省岳阳市洞庭湖中的君山岛上。其特点是香气清高，味醇甘爽，汤黄澄亮，芽壮多毫，条直匀齐，着淡黄色茸毫。开水冲泡时，芽竖悬汤中，三起三落，蔚然成趣。君山银针清代被纳入贡茶。1千克银针茶约有6万个茶芽。

8. 安溪铁观音（乌龙茶类）（图5-9）

产于福建省安溪县，以铁观音茶树种制成的乌龙茶而得名。该茶特点是茶叶质厚坚实，有“沉重似铁”之喻，香高、味厚、耐泡。饮后齿颊留香回甘，具有独特的香味。

9. 凤凰水仙（乌龙茶类）（图5-10）

产于广东省潮安区凤凰山。该茶茶叶呈“绿叶红镶边”，外形壮挺，色泽金褐光润，泛朱砂红点。茶水味醇厚回甘，香芳烈持久，汤色澄黄明澈，以小壶

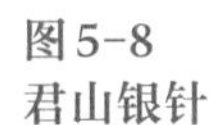

图5-8
君山银针

图5-9
安溪铁观音

图5-10
凤凰水仙

泡饮，浓香扑鼻。

10. 祁门红茶（简称祁红）（图5-11）

产于安徽省祁门县，主要以优良品种槠茶、柳叶茶种制成，属于“工夫红茶”。该茶特点是茶叶外形细紧纤长，完整匀齐，有锋毫，茶味香气特高，汤色红而味厚，精制精造是“工夫茶”名称的来源。国际上把祁门红茶、印度的大吉岭红茶和斯里兰卡乌伐的季节茶，并列为世界公认的三大高香茶。祁门红茶还有“祁门香”“王子茶”“茶中英豪”“群芳最”等称誉。

图5-11
祁门红茶

三、中国的茶艺与茶道精神

中国茶文化的核心是茶艺和茶道。“茶艺”指选茶、配具、泡茶用水、行茶、品茶等艺茶之术，是茶文化的形式。“茶道”指艺茶过程中贯彻的精神。有道无艺，是空洞的理论；有艺无道，艺则无精无神。

（一）中国茶艺

1. 选茶

茶是天地间的灵性植物，生于青山秀水之间，与青山为伴，以明月、清风、云雾为侣，得天地之精华而造福于人类。茶叶没有绝对的好坏之分，完全要看个人喜好而定。所谓好茶、坏茶，是以品质优劣而言。选茶可从察看茶叶、嗅闻茶香、品尝茶味、分辨茶渣入手。

2. 配具

品茶之趣，不仅注重茶叶的色、香、味、形，还要讲究茶具配合。茶具随

趣味链接

《茶》（唐·元稹）

茶。

香叶，嫩芽。

慕诗客，爱僧家。

碾雕白玉，罗织红纱。

铫煎黄蕊色，碗转曲尘花。

夜后邀陪明月，晨前命对朝霞。

洗尽古今人不倦，将至醉后岂堪夸。

着饮茶方法的改变而改变。中国茶具种类繁多，质地迥异，形式复杂，花色丰富。按其制作材料一般分为陶土茶具、瓷质茶具、漆器茶具、玻璃茶具、金属茶具和竹木茶具等。人们品茗最常用的是陶土茶具和瓷质茶具。

选择适当的茶具是泡茶的关键之一。不同的茶叶应选择不同的茶具。泡茶一般需要准备两把茶壶。重香气的茶叶（如龙井、碧螺春、六安瓜片及其他嫩芽茶叶等）要选择硬度较大的壶泡；重滋味的茶叶（如铁观音、凤凰水仙及其他外形紧结、枝叶粗老的茶）要选择硬度较低的壶来泡。所谓壶的硬度大小指器皿烧结的温度高低。烧结的温度越高，壶的硬度越大。一般瓷器比陶器硬度大，玻璃比瓷器硬度大。

3. 泡茶用水

明代许次纾在《茶苑》中写道："精茗蕴香，借水而发，无水不可与论茶也。"水质对泡茶的影响很大，水质不好，就不能正确地反映茶叶的色、香、味，尤其对茶汤滋味的影响更大。

对泡茶用水的选择归纳起来有三点：一是水要甘而洁；二是水要活而清鲜；三是贮水要得法。

茶与产地的水土可自然融洽，我国的名泉大多是因泡茶的缘故而被发掘的，例如烹西湖龙井茶以虎跑泉水为佳。泉水清爽，杂质少，透明度高，污染少，水质最好。茶学专家不仅重视泉水，也十分注重使用江水、井水、山水，还提倡"养水"，即对天然水进行保养。

4. 行茶

行茶指正确的泡茶方法。在日常生活中，虽然人人都泡茶、喝茶，但要泡好茶、喝好茶并非易事。泡好一壶茶有三大要素：第一是掌握茶叶的用量，第二是掌握泡茶的水温，第三是要掌握浸泡的时间。

行茶的程序和礼仪是茶艺的重要表现形式。一般茶艺要经过清具、置茶、冲泡、奉茶、赏茶、续水等六个程序。

（二）中国茶道精神

中国的茶道精神以儒、释、道三家文化为主体构成，高雅而深沉、博大而精深。

1. 和谐与宁静

儒家将中庸之道引入茶道，主张在饮茶中沟通思想，创造和谐气氛，增进彼此的友情；道家主张人与物、物质与精神合一，互相包容；佛教禅宗主张“顿悟”，心里清静，无有烦恼，此心即佛，佛在“心内”，既可除苦恼，又可自由自在做信徒。中国茶人接受了儒、释、道家思想，在饮茶中营造了和谐与宁静的气氛。

2. 淡泊与旷达

道家主张清心寡欲、无为、简朴、不贪，庄子的无限时空观促成了茶人的宽大胸怀。文人儒士借茶修身养性、磨砺匡世治国之志。诸葛亮的“宁静以致远，淡泊以明志”可说是儒士心态的真实写照。中国佛教更是把任何事都看得淡泊。于是三家思想融入茶道，形成了中国茶文化的淡泊与旷达的基调，深通茶道的茶人往往胸怀宽大、雅然脱俗。

3. 礼仪与清思养生

儒家的思想核心之一便是“克己复礼”，提倡克制和约束自己，讲究君臣、父子、夫妻之情义与礼仪规范，倡导敬老爱幼、兄弟礼让、尊师爱生。儒家“礼”的思想已贯穿于上自朝廷的以茶荐社稷、祭宗庙，下至民间的以茶待客、婚宴茶礼等社会各个层次之中。佛教戒律甚多，在唐代，佛家茶礼、茶艺就正式出现，并不断完善。不仅茶宴讲究礼仪，而且在日常饮茶和待客也十分讲究茶礼，并且渗透传播到民间。

道家求长生、养性，认为茶对其修炼很有帮助。儒家讲究通过饮茶明心见性，清晰思路，许多茶人深知茶比酒更能令人冷静思考的道理。早期的僧人就指出饮茶旨在养生、保健、解渴与提神，后与儒、道文化的沟通与融合，形成了以茶养性、以茶助思的茶道精神。

中国酒文化

● **主题导入**

发现于敦煌莫高窟中的敦煌遗书《茶酒论》很有趣味，讲的是茶和酒争论谁的功劳大，最后水出来调停的故事。

茶说自己可贵，是“百草之首，万木之花”，入于帝王之家，是供养佛菩萨的物品，高僧大德喝茶醒神悟道。而酒呢，喝多了不仅伤身还使人神智混乱，胡作非为，轻的破财败家，重的灭亡国家，简直是罪恶的帮凶！

酒说，君王将相无不饮酒，而且酒有调剂医疗、健身强体的功效。神仙隐士饮酒通道，文人骚客饮酒诗兴大发。礼法、军令要等待饮酒才完成仪式，酒能让众人快乐，人称消愁药。而茶呢，到交际场所不行，喝多了肚子胀，而且腰疼，有什么好的！

两个争得不可开交，不知水在旁边听着。于是水出面劝解，结束了茶与酒双方互不相让，一争高下的争斗局面。最后《茶酒论》得出这样的结论：只有相互合作、相辅相成，才能“酒店发富，茶坊不穷”，更好地发挥效果。

● **讨论**

这篇文章辩诘十分生动，且幽默有趣，是唐代人对茶酒文化的总结性评论。可以找来原文仔细品读一下，并通过学习本主题的内容，谈谈自己的看法。

酒是一种用粮食、水果等含淀粉或糖的物质，经过发酵制成的含一定量乙醇的饮品。在欢度佳节、婚礼寿聚、宴请宾客、旅游时都少不了酒的消费。它具有使人精神振奋，刺激食欲，消除疲劳，加快血液循环，促进人体新陈代谢的作用。适量饮酒有益身体健康。在宴会、聚餐等场合，举杯祝酒，更能活跃气氛，增进友谊。

一、中国酒的历史

中国是世界上最早酿酒的国家之一。关于中国酒的原始发明者，有许多传说。相传最多的是仪狄和杜康。他们都是古史传说中的人物。晋人江统的《酒诰》中讲："酒之所兴、肇自上皇(指大禹王)。一曰仪狄，一曰杜康。"曹操在其著名的《短歌行》中抒发："何以解忧，唯有杜康。"现在我们无法考证谁是真正的酒的原始发明者以及中国酒发明的确切年代，但在出土的新石器时代的陶器中，已有专用的酒器。其中，除了一些壶、杯、觚外，还有大口尊、瓮、底部有孔的漏器等大型陶器，他们可作为糖化、发酵、储存、沥酒之用，这标志着五六千年前我国已开始酿酒。经过夏、商两代，酿酒技术有所发展，商朝武丁时期(前13—前12世纪)，已创造了中国独有的边糖化、边发酵的黄酒酿造工艺，人们已有了饮酒的习惯，并以酒来祭神。

汉唐以后，各种白酒(烧酒)、药酒、果酒的生产有了一定的发展。中国白酒是从黄酒演化而来的。1975年河北出土的一件金世宗年间(1161—1189年)的铜烧酒锅，证明了中国在南宋时期已有白酒。

葡萄酒原产于亚洲西南小亚细亚地区，相传汉武帝建元三年(前138年)，张骞出使西域，将欧亚种葡萄引入内地，同时招来酿酒艺人，中国开始有了葡萄酒。史书(唐代《册府元龟》)第一次明确记载内地用西域传来的方法酿造葡萄酒的是唐贞观十四年(640年)从高昌(今吐鲁番)得到"马奶葡萄"种子和当地的酿造方法，唐太宗李世民下令种在御园里，并亲自按其方法酿酒。

中国的啤酒生产仅有百年历史。1900年，俄国人首先在哈尔滨建立了中国第一家啤酒厂。其后，德国人、英国人、捷克斯洛伐克人和日本人相继在东北三省、天津、上海、北京、山东等地建厂。1904年，中国人自建的第一家啤酒厂——哈尔滨市东北三省啤酒厂投产。

近年来，我国的酿酒工业随着科学技术的进步又有了很大的发展，形成了相当规模的生产能力。

二、中国酒的种类与名品

我国酒的种类繁多，分类的标准和方法也不相同，有以原料进行分类的，有以酒度高低进行分类的，也有以酒的特性进行分类的。较为常见的分类方法有两种：一种是生产厂家根据酿制工艺来分类，另一种是商业经营部门根据经营习惯来分类。现在人们习惯上采用商业经营部门的分类方法，把中国酒分为白酒、黄酒、果酒和啤酒四类。

（一）白酒及名品

白酒又名烧酒，是中国的传统蒸馏酒，以谷物及薯类等含淀粉的粮食作物为原料，经过糖化、发酵、蒸馏制成。白酒的特点是无色透明，质地纯净，醇香浓郁，味感丰富，酒度在30%（V/V）以上，刺激性较强。白酒根据其原料和生产工艺的不同，形成了不同的香型，主要有清香型、浓香型、酱香型、米香型和复合香型五种，每一种香型各具风格。

饮用白酒首先应该“看”，通过观察酒的包装、酒液的透明度，了解酒的香型、酒度以及酒的产地品牌等，根据这些判断酒是否纯正并且确定饮用量。其次是“闻”，中国白酒的香型众多，可以欣赏到不同类型白酒的芳香，这是品饮中国白酒的一大乐趣。最后是“尝”，品饮白酒应浅啜，让酒在口中滋润和匀，充分感受中国白酒甜、绵、软、香、净的特点。

1. 茅台酒

茅台酒被尊为我国的“国酒”，产于贵州怀仁茅台镇，它以独特的色、香、味被世人称颂，以清亮透明、醇香回甜而名甲天下、誉满全球。汉代茅台镇的枸酱酒就已负盛名；北宋时期，这里就产大曲酒；明代嘉靖年间，镇上就出现了烧酒坊。到1840年，镇上酒坊已不下20余家，耗费的粮食与酒的产量在我国的酿酒史上都实属罕见。中华人民共和国成立以后，茅台酒在1953年、1963年和1989年三次获得“中国名酒”称号，并在1979年和1984年两次获得金质奖。茅台酒的成功，除了它独特的酿造方法，还与它所处的气候、水土等自然环境有着极大的关系。国家为了保证茅台酒的质量，早在1972年就决定，赤水河的上游不再建造任何工厂。

2. 汾酒

汾酒产于山西省汾阳市杏花村，是我国名酒的鼻祖，距今已有1 500多年的历史。我国最负盛名的八大名酒，都和汾酒有着十分亲近的血缘关系。

汾酒之所以好，是因其独特的自然条件。汾酒的原料，采用产于晋中平原汾阳一带的“一把抓”高粱和甘露如醇的“古井佳泉水”。再加上传统的酿造技术，使汾酒具有清亮透明、气味芳香、入口绵绵、落口甘甜、回味生津的特色，一直被人们推崇为“甘泉佳酿”，是清香型白酒的代表。1915年在巴拿马国际博览会上，汾酒荣获一等优胜金质奖。中华人民共和国成立后，在全国第一届至第五届评酒会上，汾酒被连续评为“中国名酒”。

3. 五粮液酒

四川宜宾市五粮液酒厂生产的五粮液酒，以独特的原料配方和工艺，在酒类生产中独树一帜。它选用高粱、糯米、大米、玉米、小麦五种粮食作基本原料，采取“续糟配料，混蒸制曲，陈年老窖发酵，原度封坛贮藏”工艺酿成浓香型白酒。四川大部分地区以种植水稻为主，原本在习惯上称大米之外的其他谷物为“杂粮”，因此五粮液的前身也叫“杂粮酒”。1929年晚清举人杨惠泉，品尝了“杂粮酒”后，认为此酒香醇无比，实为佳酿，但其名俗无雅意，既然用五种粮食精酿而成，不如就更名“五粮液”，此名一出人皆称好，从此五粮液之名便流传于世。中华人民共和国成立以后，五粮液在全国评酒会上，曾三次蝉联“中国名酒”称号。

4. 泸州老窖特曲

泸州老窖特曲，属浓香型白酒，由四川泸州老窖酒厂生产。与头曲、二曲酒通称老窖大曲酒。自清朝顺治十四年（1657年）开业以来，泸州大曲酒的老窖已有300多年历史。

泸州老窖特曲的酒度有60%（V/V）、52%（V/V）、38%（V/V）三种。它以糯米、高粱为主要原料，用小麦制曲，选用龙泉井水和沱江水，采用混蒸连续老窖发酵法酿造。泸州老窖特曲具有浓香、醇和、味甜和回味长四大特色。在我国历届评酒会上均被评为“中国名酒”，获金质奖。特别是在1990年巴黎举行的、有近百个国家的4 500多家厂家和公司参加的第十四届国际食品博览会上荣获金奖，是我国参赛的名酒中唯一获奖的酒种，也是泸州老窖特曲继1915年荣获巴拿马万国博览会金奖以来第四次获得国际金奖。

5. 剑南春酒

剑南春酒产于四川绵竹酒厂，是我国有悠久历史的名酒之一，迄今已有1 200多年的历史。唐代以“春”名酒，绵竹是当年剑南道的一个大县，剑南春由此得名。相传唐代李白曾在绵竹“解貂续酒”，有“士解金貂，价重洛阳”的佳话。

剑南春的酒度有60%（V/V）、52%（V/V）、38%（V/V）三种，它以糯米、高粱、大米、玉米、小麦为原料，选用西南一线泉脉的诸葛井水，采用小麦制曲，精巧配料，以“红糟盖顶，低温发酵”等一系列传统工艺精心酿制而成。剑南春酒色透明，晶亮无色，口味醇和回甜，清冽净爽，饮后余香悠长，并有独特的曲酒香味，集芳、浓、醇、冽、甘五大特点于一身，形成了自己独特的风格。在第三届、第四届全国评酒会上获得“中国名酒”的称号，在1989年第五届全国评酒会上，荣获国家金质奖。

6. 古井贡酒

古井贡酒产于安徽省亳州市古井酒厂，是我国有悠久历史的名酒。亳州是我国历史上古老的都邑，是东汉政治家、军事家曹操的家乡。据传，曹操曾用“九投法”酿出有名的“九酿春酒”（九酿酒）。南梁时，梁武帝萧衍中大通四年沛军攻占樵城（今亳州市），北魏守将独孤激愤战死。后有人在战地附近修了一座将军庙，并在庙的周围掘了20眼井，其中的一眼井，水质甜美，能酿出香醇美酒。1 000多年以来，人们都取这古井之水酿酒，酿成的酒遂以古井酒为名。

古井酒以淮北平原生产的上等高粱为原料，用小麦、大麦、豌豆制曲，酒液清澈透明，酒味醇和，浓郁甘润，回味悠长，属于浓香型白酒。酒度有60%（V/V）、55%（V/V）、38%（V/V）三种。适量饮用，具有健胃、祛劳活血等功效。在全国第二届至第五届评酒会上均被评为“中国名酒”。1989年在巴黎第十届国际食品博览会上荣获金奖。

7. 西凤酒

西凤酒产于陕西省凤翔县柳林镇。凤翔古名雍城，相传是春秋时代五霸之一的秦穆公建都的所在地。这一带地方从西周时期就传说是出凤凰的地方，自唐朝之后，它又是“西府”府台所在地，人称“西府凤翔”，西凤酒得名于此。老西凤酒酒度为65%（V/V），它以当地特产高粱为原料，以大麦和豌豆制曲，用的是城西北著名的凤凰泉水，采用传统的续糟发酵法“热拥法工艺”制成。酒液清澈透明似水晶，香醇馥郁似幽兰，属凤香型白酒，甜、酸、苦、辣、香俱全，各味协调，即酸而不涩，甜而不腻，苦而不黏，辣不刺喉，香不刺鼻，饮后有回甘。这回甘似口含橄榄之回味，有久而弥香之妙，为爱饮烈酒的人所喜好。在全国第一届至第四届评酒会上获奖。现有52%(V/V)、45%(V/V)、38%(V/V)多种酒度的酒供应市场。

8. 董酒

董酒为中国名酒后起之秀，在20世纪初期开始出现于贵州省遵义城郊的董公寺酒坊中，中华人民共和国成立后成为董酒厂。董酒酒度有58%（V/V）和38%(V/V）两种。它以糯高粱为原料，以加有中药材的大曲和小曲为糖化发酵剂，采用串香和地窖长期(半年以上）发酵法精制而成。董酒酒液晶莹透明，香气扑鼻，具有独特的香气。饮时有甘美、清爽、满口醇香的感觉，兼有大曲、小曲两类白酒的风格，风味优美别致，属混合香型白酒。在全国第二届至第五届评酒会上获得“中国名酒”称号，并荣获金质奖章。

9. 洋河大曲

洋河大曲是江苏省泗阳县洋挥镇洋河酒厂的产品，以地得名，酒度有55%（V/V)、48%（V/V)、38%（V/V）三种，属浓香型大曲白酒。该酒用当地高粱为原料，以名泉——美人泉之水酿制，具有300多年的历史。其酒液无色透明，醇香浓郁，口感味鲜而浓，质厚而醇，回香悠长。在1915年巴拿马国际博览会上获金奖，全国第二届至第五届评酒会上获得“中国名酒”称号。

10. 其他名酒

中国较为有名的白酒还有山西省汾阳杏花村汾酒厂生产的“竹叶青”、北京的“二锅头”、山东的“孔府家酒”、河南的“宋河粮液”、上海的“七宝大曲”、四川的“全兴大曲”“沱牌曲酒”等。

（二）黄酒及名品

黄酒是我国特有的传统饮用酒，至今已有3 000多年的历史，因其酒液呈黄色而取名。黄酒以大米或黍米为主要原料，经过蒸煮、糖化、发酵、压榨而酿成。黄酒为低度[15%（V/V）~18%（V/V）] 原汁酒，色泽金黄或褐红，含有葡萄糖、氨基酸、维生素等多种浸出物，营养价值高，有增进食欲的功能，还可作为烹调菜肴的调味料和中医药的辅佐料等。成品黄酒都用煎煮法灭菌，用陶坛盛装，酒坛以无菌荷叶和笋壳封口，又以糠和黏土等混合加封，封口既严，又便于开启。酒液在陶坛中，越陈越香，故又称老酒。

黄酒的历史悠久，各地黄酒品种繁多，最著名的有下列两种。

1. 绍兴酒

绍兴酒是我国黄酒中历史悠久的名酒，因产于浙江绍兴而得名，简称绍酒。绍酒以糯米为主要原料，引“鉴湖”之水，加酒药、麦曲、浆水，用摊饭法、发酵、连续压榨煎酒等工艺酿成。绍酒有多种不同品种，如元红酒、加饭酒、善酿酒、香雪酒、花雕酒、女儿酒等。其中绍兴加饭酒酒液橙黄明亮，香气浓郁，口味醇厚，易于久藏(越陈越香)，饮时加温，则酒味尤为芳香。适当饮用，可增进食欲，帮助消化，消除疲劳。在1915年巴拿马万国博览会上获金质奖章，在全国第一届至第四届评酒会上被评为“中国名酒”。善酿酒也曾在1911年南洋第一劝业会上和1915年巴拿马万国博览会上获得一等奖，并被定为国宴用酒。

2. 沉缸酒

沉缸酒产于福建省龙岩，因在酿造过程中，酒醅沉浮三次后沉于缸底而得名。该酒是以上等糯米、福建红曲、特制小曲和米烧酒等经长期陈酿而成的一种甜型黄酒。沉缸酒酒液红褐，清澈明亮，酒质醇厚，入口甘甜，无黏稠感，只觉酒的辣味、糖的甘甜、酸的鲜爽、曲的辛苦同时出现，妙味横生。在全国第二届至第四届评酒会上获得“中国名酒”称号。

(三) 果酒及名品

果酒一般是以各种含糖分较高的水果为主要原料，经过发酵等工艺酿造而成的一种低乙醇含量的原汁酒。在各类果酒中，以用葡萄为原料酿制的葡萄酒历史最悠久，饮用最广泛。

葡萄酒是世界上产量较高的酒。我国早在2 000多年前就能酿造葡萄酒了，三国时期魏文帝曹丕曾对葡萄酒作了很高的评价：“葡萄酿以为酒，过之流涎咽唾，况亲饮之。”我国葡萄酒品种很多，如红葡萄酒、白葡萄酒等。

1. 红葡萄酒

红葡萄酒是以红色或紫色葡萄为原料，采用皮肉混合发酵的方法酿制而成的原汁酒。其酒液呈鲜艳的红色，果香浓郁，酒香怡人，甜酸适度，营养丰富。我国目前以烟台张裕葡萄酒酿酒公司和北京东郊葡萄酒厂出品的红葡萄酒最为有名。

2. 白葡萄酒

白葡萄酒以葡萄汁发酵而成，含有肌醇、维生素及多种氨基酸，有补血、强身、软化血管等功效。酒液果香悦人，口感和谐，深受人们喜欢。我国以长城牌（河北）和王朝牌（天津）干白葡萄酒最为有名。

（四）啤酒及名品

啤酒是以大麦为原料，啤酒花为香料，经过发芽、糖化、发酵而制成的一种低酒精含量的原汁酒，通常人们把它看成一种清凉饮料，其酒度一般在3%~5%（V/V）。啤酒的特点是有显著的麦芽和啤酒花的清香，味道纯正爽口。啤酒含有大量的二氧化碳和丰富的营养成分，能帮助消化，促进食欲，有清凉舒适之感，所以深受人们的喜爱。

啤酒的分类：根据是否经过灭菌处理，可将其分为鲜啤酒和熟啤酒两种；根据啤酒中麦芽汁的浓度，可将其分为低浓度啤酒、中浓度啤酒和高浓度啤酒三种；根据啤酒的颜色，可将啤酒分为黄色啤酒、黑色啤酒和白色啤酒三种；根据酿造方法，可将啤酒分为拉格（LAGERS）啤酒和艾尔（ALES）啤酒，其中拉格啤酒因为发酵时间短、产量大、效率高，被我国啤酒厂商率先采用，目前市面上常见的啤酒都是拉格啤酒。而目前市场上层出不穷的所谓“精酿啤酒”则是艾尔啤酒，由于其酿造时间长，有更多类似坚果、水果的复杂香气，更受年轻消费者的喜爱。

饮用啤酒时适宜的啤酒温度应在10°C左右，可选用厚壁深腹窄口的玻璃杯饮用，以保持酒的泡沫和酒香，饮用时用口唇挡住泡沫，在泡沫和酒的分界处大口畅饮，不可像喝白酒那样小口品尝。

图5–12
散装青岛啤酒

1. 青岛啤酒

青岛啤酒产自青岛啤酒股份有限公司，前身是国营青岛啤酒厂，1903年由英、德两国商人合资开办，是中国最早的啤酒生产企业之一。时至今日，青岛啤酒已经成为青岛的一种特色文化，街头随处可见售卖散装啤酒的摊位，用塑料袋装着啤酒当街饮用也是青岛街头独特的风景（图5–12）。

2. 燕京啤酒

燕京啤酒厂成立于1980年，总部位于北京，是一家世界级的大型啤酒生产企业。燕京啤酒股份有限公司已经成为中国最大啤酒企业之一，已推出的产品有原浆白啤、纯生啤酒、清爽型啤酒等。

三、中国的酒文化

（一）中国酒文化的内涵

酒作为一种特殊的文化载体，在人类交往中占有独特的地位。酒文化指酒在生产、销售、消费过程中所产生的物质文化和精神文化总称。酒文化包括酒的制法、品法、作用、历史等酒文化现象。酒文化已经渗透到人类社会生活中的各个领域，对人文生活、文学艺术、医疗卫生、工农业生产、政治经济各方面都有着巨大影响和作用。

中国的酒文化是一种独特的文化形态，它与中国人民的历史、传统、风俗习惯、生活方式等密切相关。中国酒文化的起源可以追溯到古代，早在夏、商时期，中国就已经有了酿酒技术。随着时间的推移，酒逐渐成为人们生活中的必需品，并且在中国古代，酒也被用于祭祀、庆典等场合，成为一种具有象征意义的物品。

在中国酒文化中，酒不仅是一种饮品，更是一种精神象征。人们通过饮酒来表达情感、传递信息、增进友谊等。在中国传统文化中，酒也被赋予了很多寓意和象征意义，比如“酒逢知己千杯少”“酒壮英雄胆”等。这些寓意和象征意义反映了中国酒文化中强调情感交流、尊重礼仪、崇尚英雄等价值观。

在现代社会中，随着人们生活水平的提高和社交方式的改变，酒在中国社会中的地位和作用也在发生变化。但是无论如何变化，酒在中国社会中仍扮演着非常重要的角色，它不仅是人们社交、商务活动中的重要媒介，更是中国饮食文化的重要组成部分。

（二）中国酒文化的作用

1. 喜庆

喜庆是酒文化的一个重要元素。酒特别是烈性酒对人的身心具有强烈的刺激升华作用，这对于促进人精神亢奋、营造热烈的喜庆氛围具有不可或缺的催化作用。久而久之，无酒不成宴、无酒不成欢也就成为约定俗成的社会习俗。

上至国宴，下至寻常百姓的婚宴、家宴，无不洋溢着酒文化的无穷魅力，因此宴席也被称为酒宴、酒席，高档的宾馆饭店也被称为酒店。

2. 娱乐

以酒为载体的娱乐活动，在中国主要有划拳和行酒令等。划拳是饮酒时最为普遍的娱乐活动，无须专门的娱乐用品，随心所欲，雅俗共赏；行酒令是比较复杂高雅的饮酒娱乐活动，需要一定的文化知识和基础训练。

3. 激励

因为酒固有的通畅气血功效，所以自古以来酒文化的激励作用也在许多场合中有所体现。如唐朝诗人王维的《少年行》中写道："新丰美酒斗十千，咸阳游侠多少年。相逢意气为君饮，系马高楼垂柳边。"一股朝气蓬勃的激励情怀扑面而来。

4. 寄情

酒文化中寄情元素最为古老而庄严的场面，便是祭祀、祭奠，以酒祭天、祭地、祭神祭祖、祭逝者，以寄托崇敬和哀思之情。寄情元素在酒文化中往往还有非常大的感染力。如唐代诗人王翰的《凉州词》："葡萄美酒夜光杯，欲饮琵琶马上催，醉卧沙场君莫笑，古来征战几人回。"读来使人油然而生悲壮之情。而王维的"劝君更尽一杯酒，西出阳关无故人"更激起人们无限共鸣，而成为千古绝唱。

（三）酒人与文学及酒道

"李白斗酒诗百篇"，"酒隐凌晨醉，诗狂彻旦歌"。真是酒中有诗，诗中有酒。将酒与文化活动如此紧密联系，这可以说是中华民族饮食文化的特有现象。

1. 酒人与酒文学

酒人，顾名思义即为好喝酒的人。《史记·刺客列传》首次提到酒人。酒人好喝酒成习惯，常喝酒而成癖好，以酒为乐，以酒为事，无甚不可无酒，无酒不成其人，言其人必言酒，是所谓"酒人"。但中国历史上酒事纷纭复杂，酒人五花八门，按酒德、饮行、风操而论，历代酒人可大致分为上中下三等。上等是"雅""清"，即视饮酒为雅事，饮而神志清明。中等为"俗""浊"，即耽于酒而沉俗流，气味平凡庸俗。下等是"恶""污"，即酗酒无行，伤风败德，沉溺于恶秽。纵观数千年中国酒文化史，酒人中被世人最为称颂的是李白和陶渊明，被誉为酒圣、醉圣。李白用酒来向时世抗争，来缓解自己在政治和精神重压下的痛苦与压抑，达到一种酒圣所特有的心理状态和精神境界。正是在这种境界中，李白才发为奇语，歌为绝唱，进行了辉煌的创作，为中华民族留下了璀璨的伟大诗作。这种凭酒力返璞归真，充分实现自我，创造非凡业绩者可谓是酒人之上品。正如史籍所评价的，李白嗜酒不拘小节，然沉酣中所撰文章未尝错误，而与不醉之人相对议事皆不出太白所见。酒使李白实现了自我，成就了伟大的业绩；酒又帮助他超越了自我，成为中华文人不附权贵，率直坦荡的楷模。世人号为“醉圣”的陶潜（365—427年），也堪称酒中圣人。历史上被列为酒圣的思想文学圣人，他们饮酒不迷性，醉酒不违德，相反更见情操之伟大，品格之隽秀，更助事业之成功。

一部中国诗歌发展的历史，从《诗经》到《楚辞》，从唐诗到宋词，数不尽有多少叙酒之事、歌酒之章。中国文学史上著名作家、诗人、散文家酒人无数。除以上提到的李白、陶渊明外，还有如屈原、曹操、杜甫、白居易、李贺、黄庭坚、陆游、袁宏道、郑板桥、袁枚等。他们写诗作赋，都与酒连在一起。在明代以前，中国人一般饮用的是米酒和黄酒，酒度很低，这类酒浅酌慢饮，酒精慢慢刺激中枢神经，有一种“渐入佳境”的功用和效果。使文人士子、迁客骚人比兴于物，直抒胸臆，一泻千里。酒对人的这种生理和心理的作用，这种慢慢吟来的节奏和韵致，这种饮法和诗文创作灵感兴发的内在规律的一致和巧合，使诗人更爱酒，与酒结下了不解之缘，留下了许多趣闻佳话。也易使人似乎觉得，兴从酒出，文自酒来。酒诗、酒词、酒歌、酒赋、酒文——中国的酒文学成为中国文学史上的奇迹。

趣味链接

酒与古代文人

古代文人好酒，有的被誉为“酒仙”“醉圣”，很多人则以“醉翁”“酒徒”“酒狂”“五斗先生”给自己取号。酒又催发他们产生艺术灵感，爆发艺术火花。如“李白斗酒诗百篇”“酒入诗肠风火发”“饮如长鲸渴赴海，诗成放笔千觞空”。被誉为“天下第一行书”的《兰亭集序》，传说是东晋王羲之酒酣时的作品，等他清醒之后不管怎么用心重写，都赶不上醉时那幅。唐代“草圣”张旭写字，“露顶踞胡床，长叫三五声。兴来洒素壁，挥笔如流星”。唐代怀素，李白说他“草书天下称独步”“吾师醉后倚胡床，须臾抹尽数千张。飘风骤雨惊飒飒，落花飞雪何茫茫。起来向壁不停手，一行数字大如斗。恍惚如闻神鬼惊，时时只见龙蛇走。左盘右蹙如惊电，状同楚汉相攻战”。唐代画圣吴道子每画之前，“必然酣饮”。宋代陈容画龙，先要喝醉，再手舞足蹈，拿笔信手涂抹后再画，画出的龙或是全体，或是一头一爪，隐约神奇。包鼎画虎更有意思：打扫干净房间，把门窗堵上，留个小洞透光，而后先喝一斗酒，再模仿老虎爬来跳去大声吼叫，等找到感觉时，立即再喝一斗，乘酒兴“取笔一扫尽意而去”。明代唐寅的“醉画”才能入得“神品”。清代，别人要骗取郑板桥的字画，清醒时不行，必须设下机关，灌醉他。他自己也知道：“笑他缣素求书辈，又要先生烂醉时。”

2. 酒礼、酒令和酒道

酒礼是饮酒的礼仪、礼节，我国自古有“酒以成礼”之说。先秦时代，酒产量较少，酿酒主要是为了用于祭祀，表示下民对上天的感激与崇敬。若违背了这一宗旨，下民自行饮用起来，即成莫大罪过。一般人平时不得饮酒，只有在祭祀等重大观庆典礼时，才可依一定规矩分饮，成为“礼”的演示的重要程序以及“礼”的一部分。而后，由于政治的分散，权力的下移，经济文化的发展变化，关于酒的观念和风气也发生很大改变，酒的约束和恐惧逐渐松弛淡化，饮酒虽然保留在礼拜鬼神的祭奠中，但非祭祀的饮酒却大量存在。饮酒逐渐演变成象征性的仪式。后世的酒礼多偏重于宴会规矩，如发柬、恭迎、让座、斟酒、敬酒、祝酒、致谢、道别等，将礼仪规范融注在觥筹交错之中，使宴会既欢娱又节制，既洒脱又文雅，不失秩序，不失分寸。

酒令也称行令饮酒，是酒席上饮酒时助兴劝饮的一种游戏。一般做法是酒席上推一人为令官，余者听令，按一定的规则或猜拳，或猜枚，或巧编文句，或进行其他的游艺活动，负者、违令者、不能完成者，都要被罚饮酒。如果遇到同喜可庆的事项时，则共同庆贺之，称为“劝饮”，有奖勉之意。相对而言，酒令是一种公平的劝酒手段。在酒令活动中，人们凭的是智慧和运气，并按一定的规矩行事，因此酒令也是酒礼的表现形式之一。

酒道即喝酒的精神，中国古代酒道的根本要求就是“中和”二字，贯穿“礼”的精神。它提倡饮酒要以不影响身心、不影响正常生活和思维规范、不产生任何不良后果为度。对酒道的理解，不仅是着眼于即饮而后的效果，而且贯穿于酒事的自始至终，认为饮酒“庶民以为欢，君子以为礼”，合乎“礼”就是酒道的基本原则。随着历史的发展，时代的变迁，礼的规范也在不断变化中，道也更趋实际和科学化。由传统“饮惟祀”，即对天地鬼神的崇拜，转化为对尊者、长者、宾客之敬。以美酒表达悦敬的心理，在饮酒中不过量，适可而止，体现传统的“中和”精神。“敬”“欢”“宜”这三个字可概括为中国的酒道精神。

趣味链接

酒的别称

对酒有独特审美情趣的中国古人，给酒起了很多富于寓意的美名。

曹操诗“何以解忧？唯有杜康”，酒便有了“杜康”之名；《诗经·大雅·旱麓》有“瑟彼玉瓒，黄流在中”，酒又有“黄流”之称；汉代焦延寿《易林·坎说》讲“酒为欢伯，除忧来乐”，酒又称“欢伯”；三国徐邈违反禁令，在家畅饮，曹操派人叫他，他说正在和“圣人”议事，使者弄不清圣人是谁，被大帽子吓了回去，酒便得了一个“圣人”雅号，而且品质高的清酒才可称“圣人”，浊酒只能称“贤人”；《世说新语》又把好酒称作“青州从事”，劣酒称作“平原督邮”。

酒的外号“般若汤”与佛教有关；“玉蚁”“绿蚁”“玉蛆”“浮蛆”与酿造有关；“酪酥”“翠涛”“琼浆玉液”与性状相关；称“忘忧物”“扫愁帚”“钓诗钩”与感受相关。

唐人还喜欢称酒为“春”，如“剑南烧春”“云安曲米春”等，“春”虽源自《诗经》，但在唐代有了诗意般的情趣。

以上无论是哪一类名称，其中都体现着古人赋予它们的某种审美特征，寄寓着不同的审美感受和情趣。

四、酒文化的旅游功能

（一）体验功能

旅游是体验经济的一种典型形式，因为旅游的本质即是体验。人们在参与旅游的过程中，从离开客源地开始，就在交通、住宿、餐饮、游玩、购物、娱乐等项目中进行旅游体验，最终旅游产品以为游客提供旅游经历而实现价值。现代酒文化在许多方面都给游客提供了参与感受体验的机会。如贵州黔东南的敬游客的酒，源自苗家待客的淳朴，经过旅游开发后创造出了“高山流水”这一独特的体验内容。三五个苗家姑娘捧着酒碗，一边吟着歌曲，一边从高处倒下米酒让酒液逐碗流下，最后倾注到游客的口中，让人印象深刻。

此外，还有打酒印、送客酒等其他酒文化，让游客在体验中获得意外的感受。

（二）娱乐功能

酒文化的内容，许多都有娱乐的成分在里面。喝酒除了生产劳动需要一定的能量提供外，更多的则是精神上的享受。人们常说，酒既可以解忧也可以浇愁，庆功贺喜更要喝酒，同时，喝酒的乐趣还在于活跃气氛，如酒舞、酒歌、乐器演奏、劝酒；是智慧的体现，如行酒令、划酒拳；是胆略的体现，如猜拳中的技巧等。少数民族的歌舞也有很大一部分与酒有关，可借敬酒展示民族歌舞文化，借罚酒促进游客参与娱乐表演，许多特别的酒礼、酒俗能给人和谐热情、宾至如归的感觉，如畲族的“同心酒”礼，全桌人手挽手同饮杯中酒，热情豪放，给游客留下深刻的印象。

（三）审美功能

酒文化的旅游审美功能也是明显的。各地举办重大节日或家族重大活动或迎接重要客人时，其隆重的场面都离不开酒。而饮酒的方法、方式或礼仪复杂但有序，极易使人们在参与时进入一种新的境界，得到一种美的享受。布依族的查白歌节上男女相恋后饮酒的场面，侗族送客、迎客时唱敬酒歌，都能体现出高超的民族民间艺术，令人倾倒。

（四）经济功能

酒文化所显示的旅游经济功能是显而易见的，比如茅台酒对带动地方产业和经济起到了巨大的作用，其无形资产如知名度、品牌效应，都在相当程度上影响着区域的产业经济。贵州名酒产地现在都是旅游业发达的地区，如黔东南镇远县、黔西南兴义市，黔北遵义、仁怀、赤水都是当地旅游经济较发达的地区。

趣味链接

摔碗酒一摔而红

原本“摔碗酒”只是少数民族接待客人的一种礼仪，喝酒者将满碗酒举过头顶，许愿、饮酒后，用力一摔，在酒碗破碎之时，口中大喊“岁岁（碎碎）平安”，将霉运、晦气摔走，摔出豪迈气概。而西安城墙边“永兴坊”摔碗酒依靠其低廉的售价和快速的网络传播率先走红。自网友拍录“摔碗酒”短视频，并配合“西安人的歌”作背景音乐，在网络等平台一经传播，迅速蹿红，让越来越多的网友，对“摔碗酒”充满兴趣，并纷纷前来“打卡”。至此“摔碗酒”微视频的点击量呈现指数增长，一段短视频，让西安成为热门旅游城市，刺激了西安游客量的快速增长。由“摔碗酒”引发的旅游传播效应，所带来的营销影响力，无疑成为西安城市旅游的助推器。

随堂测验

一、单项选择题

1. 宋代出现了一种与众不同的饮茶方式，它是（　　）。

A. 点茶　　B. 吃茶　　C. 散茶　　D. 煎茶

2. 以下名茶中属于黄茶的是（　　）。

A. 太平猴魁　　B. 君山银针　　C. 黄山毛峰　　D. 西湖龙井

3. 中国在（　　）时期就已有白酒。

A. 汉朝　　B. 唐朝　　C. 南宋　　D. 元朝

4. 葡萄酒属于（　　）。

A. 蒸馏酒　　B. 啤酒　　C. 果酒　　D. 黄酒

5. 中国人自建的第一家啤酒厂在（　　）。

A. 沈阳　　B. 北京　　C. 上海　　D. 哈尔滨

二、多项选择题

1. 下列茶叶以产地的山川名胜命名的有（　　）。

A. 黄山毛峰　　B. 西湖龙井　　C. 庐山云雾

D. 井岗翠绿　　E. 苍山雪绿

2. 中国茶道精神的主要内涵是（　　）。

A. 和谐与宁静　　B. 淡泊与旷达　　C. 精细与雅致

D. 礼仪与清思养生　　E. 长寿与养生

3. 以下名酒产自四川省的是（　　）。

A. 茅台酒　　B. 剑南春　　C. 泸州老窖

D. 洋河大曲　　E. 五粮液

4. 以下属于酒文化作用的是（　　）。

A. 喜庆　　B. 娱乐　　C. 激励

D. 寄情　　E. 保健

5. 酒文化的旅游功能包括（　　）。

A. 娱乐功能　　B. 审美功能　　C. 经济功能

D. 祭祀功能　　E. 体验功能

拓展应用

结合当地的酒文化资源与自身的旅游经历，创编一段与酒文化资源相关的讲解词。

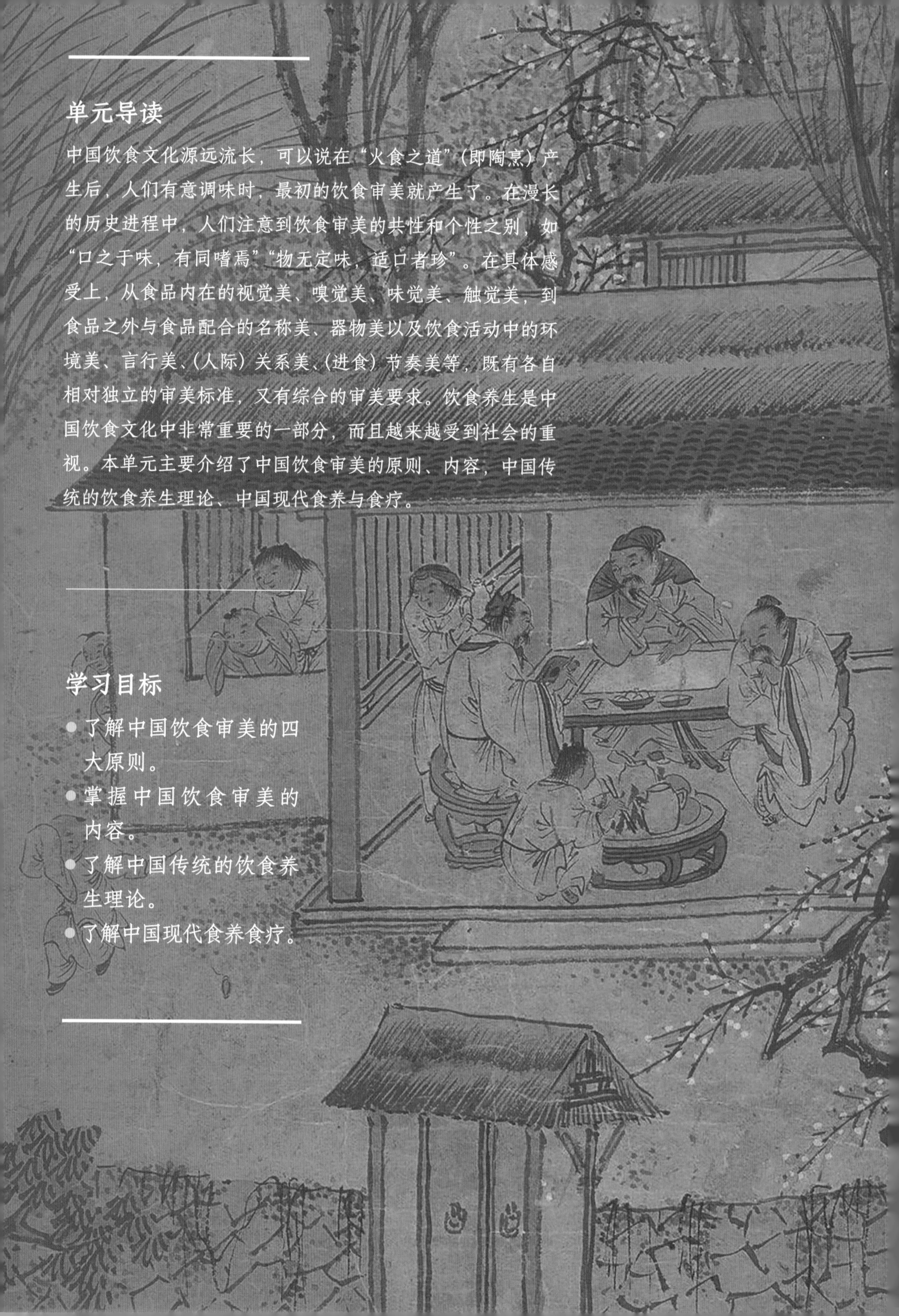

单元导读

中国饮食文化源远流长，可以说在“火食之道”（即陶烹）产生后，人们有意调味时，最初的饮食审美就产生了。在漫长的历史进程中，人们注意到饮食审美的共性和个性之别，如“口之于味，有同嗜焉”“物无定味，适口者珍”。在具体感受上，从食品内在的视觉美、嗅觉美、味觉美、触觉美，到食品之外与食品配合的名称美、器物美以及饮食活动中的环境美、言行美、（人际）关系美、（进食）节奏美等，既有各自相对独立的审美标准，又有综合的审美要求。饮食养生是中国饮食文化中非常重要的一部分，而且越来越受到社会的重视。本单元主要介绍了中国饮食审美的原则、内容，中国传统的饮食养生理论、中国现代食养与食疗。

学习目标

- 了解中国饮食审美的四大原则。
- 掌握中国饮食审美的内容。
- 了解中国传统的饮食养生理论。
- 了解中国现代食养食疗。

单元六

中国饮食审美与养生

中国饮食审美

● **主题导入**

以下的诗句中描绘的场景，或让人轻快舒畅，或使人备觉温馨，那感人肺腑的、浓得抹不开的绵绵情意，即便有时透出一丝惆怅，一点淡淡的愁绪，千百年来也无数次地涤荡着人们的心灵。它们都是发生在杯盘笑语之时、酒茶清风之中：

雪沫乳花浮午盏，蓼茸蒿笋试春盘，人间有味是清欢。——苏轼《浣溪沙》

草草杯盘供笑语，昏昏灯火话平生。——王安石《示长安君》

夜雨剪春韭，晨炊间黄粱。主称会面难，一举累十觞。——杜甫《赠卫八处士》

劝君更尽一杯酒，西出阳关无故人。——王维《渭城曲》

沅溪夏晚足凉风，春酒相携就竹丛。莫道弦歌愁远谪，青山明月不曾空。——王昌龄《龙标野宴》

● **讨论**

站在饮食文化欣赏的角度结合所学内容，分析并说出诗句中所蕴含的『良辰』『美景』『可人』『韵事』等审美要素。

一、中国饮食审美的原则

中国几千年形成的传统饮食文化，有自己独特的审美原则。人们在饮食的生产、消费活动中，无论是对物质化的产品，还是对饮食活动的过程，在审美情趣、审美方法、审美标准以及对饮食审美境界的追求上，都遵循着这一原则，自觉或不自觉地在这一原则指导下进行审美。有的甚至变为根深蒂固的传统审美观念。总结起来，这个原则可用祥、和、乐、敬四字概括，即吉祥、和谐、欢乐、敬诚。

（一）吉祥

中国人认为，吉祥既是一种愿望、结果，也是一种美。平安顺利是吉祥的最低标准。所以在饮食审美中，无处不渗透着这一观念，而且在这一观念驱动下又以具体形式处处明确显示出来。

最直观的则体现在食品的造型和命名上。在食品造型上，如祝寿送寿盒，直接写上“寿”字或“寿比南山、福如东海”字样；就餐时，点一道名叫“金钱发菜”的菜，菜的造型就是一个个黄金似的大钱，直接表达财源滚滚之意。命名上如“一帆风顺”（船形瓜雕，中间放置各色水果）、“四喜丸子”（四枚丸子）等，直接点明祝福的内容。

还有很多不太直观的，要通过一定的手法（如象征、比喻、谐音等）表示出来。如祝寿送大寿桃，通过“麻姑献寿”（用蟠桃）的神话传说来祝人长寿；结婚宴奉上并蒂莲花、鸳鸯戏水花样的造型菜，寓意夫妻百年好合、白头偕老。而春节家宴上的全鸡全鱼菜，则取其谐音，祈望来年“吉庆有余”。取名“步步高升”的菜，实则是竹笋烧排骨，由竹笋形状似梯形，联系到梯可登高，祝人在事业或职位上更上一层楼。取名“发财多福”的菜，实际上是“发菜豆腐”在某种方言中的谐音。大杂烩菜中国人也要想办法给它取个吉利的名字，叫“全家福”。

即使出现了不尽如人意的情况，中国人也要想方设法向吉利祥和的方面引导和解释。如春节煮饺子，煮烂了不能说烂了，要说“挣了”（“挣”即表示挣裂开了，但与“挣钱”之“挣”音同）；不小心摔碎了盘子，马上解释为“碎碎（岁岁）平安”。

饮食中的忌讳，更是为了求得吉祥。行船的人吃鱼时忌讳翻转鱼身，是为了避免翻船；筷子原称箸，与“住”同音，而船家特别忌讳船停住不能前进，反其义换了个名字叫“快儿”，即后来的“筷”。

总之，避凶趋吉虽然是所有人的共同心理，但中国人的这种心理尤其强烈，所以反映到饮食文化中，显得格外明显和执着。

（二）和谐

和合之美是中国古代哲学中的一个命题，也是人们追求美的最高境界和最高原则。“合”是不同因素的混合、结合、相合，是条件、方法、手段。“和”是通过“合”要达到的目的，即和谐、和睦、和畅、和平。音乐通过不同音阶之音的“合”得到优美的乐曲，就是“和乐”；古代政治统治通过君主与臣下的“合”达到相互理解支持、政令通畅、政治清明、统治稳定，就是“和政”；单单是一样水，不能制成美味，要靠不同原料、调料按一定比例、时间，在一定火候下相互混合、融合，才能制作出美味佳肴。所以在饮食中古人特别强调“和”。如周代人强调一年四季之中什么时候吃什么、配什么油脂、配什么调料，就是“和”的具体体现，“调和”的“和”就是这样来的。怎样才算达到“和”？只有取其“中”才算达到“和”，这叫“中和”。“中”即“中庸”的“中”，是恰到好处，既不过分，又没有不及。所以在饮食养生中，古人也特别强调“守中”之“和”。

在饮食活动中，审美的最高原则也是“和”。这里指主宾之间人际关系的和谐。人与人不和，再美的食物也食之无味。

在古代饮食审美中，最高境界是达到物我两忘、天人相通的“和”。这种和谐只有在精通“和合”的哲理，并通过饮食的实践之后才能达到。

（三）欢乐

欢乐是精神的愉悦，既是一种审美感受和体验，又是人们在审美中要求遵循的原则。在饮食审美中，没有愉悦之情的进食不但不会让人体会到美食之美、口腹享受，反而可能使人因此而生病厌食。所以中国古人懂得，在进食时，一定要营造一个令人身心愉悦的环境气氛，不但食物令人观其色、嗅其气、视其形、尝其味、听其名、看其器而感到高兴，而且要选择优美的环境，挑选良好的时机，邀请志趣相投的宾客，安排富有情致的活动，让人时时处处感到心情舒畅，兴趣盎然。人们常说菜不在多少，不在是否是山珍海味，只要吃得舒心高兴就行，其实正道出了饮食审美中要求遵循的欢乐愉悦原则。

中国人不单在宴会上要求遵循这一原则，在日常生活的进食中也力求不违背这一原则。行一个酒令，划一通拳，讲一个笑话，说一段趣闻，唱一支曲子，都是为了营造欢乐氛围。当然，这种欢乐要求发自内心，勉强地应付则会使人败兴。

中国数千年的农业社会、宗法制的礼教和儒家伦理道德观念造就了家族式的生活模式。中国人的家庭观念特别牢固，讲求阖家团圆的聚合心理也特别强。人们千方百计赶在除夕之夜回家与家人团聚，阖家相围而坐，敬酒让菜，祝福贺年，充满天伦之乐和节日之乐，说透了是在追求一种美的享受。其他节日、家庭聚会也是如此。和朋友相聚，无论是大餐小酌，甚至是“寒夜客来茶当酒”，也享受了欢乐，得到了愉悦之美。所以在中国饮食审美中，特别注重这种亲人、友人共同进食带来的美感享受。抛开应酬而言，这就是中国人事无巨细特别喜欢请人吃饭和阖家聚餐的主要原因之一。

（四）敬诚

敬，源于饮食之礼。所谓的“敬”，就是“正心修身，克己复礼”，使自己的思想、言行符合礼的要求，按照礼去行动，不做越礼、失礼之事。在饮食活动中做到了这些，就是做到了“敬”。由于礼仪具有社会性，古人在“敬”中得到美的体验，就可以说享受了社会美。

历史发展到今天，虽然古代的礼已与当今的礼不尽相同，但敬作为一种现代人应具备的思想品质和道德要求还是应该肯定的。在饮食活动中，有形式上的“敬”，属于外在的“敬”。而实质上，内在的“敬”必须建立在“诚”的基础上。如果仅仅是形式上的“敬”，主宾都得不到真正的审美享受，反而会觉得虚伪和难受。这种“敬”如果发自内心，形式和实质就会完美统一，主宾都会感到由衷的美。

“敬”在饮食活动中的体现是多方面的。如语言中的“请”，敬酒时的起立，饮酒中的先干为敬，敬茶中的“三道茶”等。“让”是敬的另一种表现，让食、布菜也是敬。和西餐分食制不同，中国宴会中居于首席的人必须先动筷，然后其他人才能动。即使在家庭日常生活中，也提倡吃饭时长者为先。总之，中国饮食活动中的敬具有中国的民族特色，在饮食活动中是体现行为美、语言美的重要内容，也是指导饮食审美的重要原则。

趣味链接

重庆人与火锅

重庆人说，三天不吃火锅就浑身痒痒。不管男的、女的、老的、少的，挣钱多的、挣钱少的，火锅边一站，那简直是不知今夕何夕，只有火锅和我，其他什么都省略了！

重庆人吃火锅的最佳风景，并不在温文尔雅的高级餐厅之中，要看就要挑最热的三伏天、街边。锅里浓黑的麻辣汤在翻滚，一群人围着猛吃海喝，嘴里吸溜吸溜，喝五吆六。吃到扎实处，满盘子一个一个端上来，空盘子一个一个撤下去。喝到畅快处，谁也不让谁：你是不怕辣，我是辣不怕；你是常山赵子龙，我姓东方名不败！叫的、喊的、笑的、闹的，手舞足蹈。最酣畅淋漓之时，小伙子干脆光起膀子，姑娘干脆挽起发髻，哪管它汗流浃背，江河滚滚！

说真话了，办实事了，矛盾消除了，关系融洽了……要的就是这个结果。回家一冲澡，通身舒爽，大喊一声："好安逸啊！"

二、中国饮食审美的内容

在漫长的饮食审美实践中，中国人对饮食的审美，形成了自己独有的审美方式，也有自己的一套审美标准。这些标准由若干要素构成。和其他国家、民族的饮食审美标准比较，其中很多要素是共有的。但是，由于中国人对某些要素的强调以及要素之间组合的不同，使中国饮食审美标准具有鲜明的民族特色，从而也使中国饮食审美具有自己独有的审美方式。

（一）食品审美

中国人对食品审美的标准，传统上一般概括为颜色（色）、气味（香）、味道（味）、形状（形）四大要素。过去人们把食品质地的判断（即人们说的质感、口感）归入"味"中，近年来有人认为味感和质感属于不同类型的审美，故而单列出"质"一项。同时，又经补充，增加了营养和卫生即"养""卫"两项。食品的名称（名）和盛器（器）两项虽然不是食品自身的内在要素，但食品的名称总是与食品所具有的构成方式、形态、特点、性质等紧密联系而成为一体，而盛器则与食品直接结合，成为食品造型的附加部分。所以，这两项要素通常也归入对食品的审美中。

1. 色

“色”即颜色。作用于人的视觉器官的食品颜色，可以直接使人产生对该食品的第一印象，引发喜欢、厌恶或其他感受，产生接纳或拒绝等心理。由于食品是用来吃的，所以食品的颜色美不美，不同于人们对绘画等艺术品色彩的感受。因此，在对食品颜色的审美中，那种徒然华丽甚至对人体有害的颜色被认为无美可言。

对食品颜色的审美，概括起来，从感受上讲，要求赏心悦目；从形式上讲，要求纯正、组合得当。如凉拌菠菜，必须表现其绿，才能令人赏心悦目；烤鸭要呈现出特有的枣红色，方为纯正。很多食品讲求原料颜色的搭配合理而恰当，使人赏心悦目，如百合双蔬，白色的百合瓣与翠绿的菜心搭配，清素雅致，叫人一看便食欲大增。很多食品以其原料本色为美，如清蒸鳜鱼，鲜活的鱼去鳞后蒸出上桌，鱼体表面特有的花纹，鲜嫩的、颜色雪白的肉，让人看了垂涎欲滴。

趣味链接

北京烤鸭

北京烤鸭，以色泽红艳、肉质细嫩、味道醇厚、肥而不腻的特色，被誉为“天下美味”。

公元400多年，南北朝时期虞悰的《食珍录》中记录了一道名叫“炙鸭”的菜，就是烤鸭。南宋时，烤鸭已为临安（杭州）“市食”中的名品。元破临安后，烤鸭技术传到北京，烤鸭相继成为元、明、清的宫廷美味，后由皇宫传到民间。

烤鸭所用的鸭是一种优质的肉食鸭——北京鸭。挂炉烤鸭和焖炉烤鸭是北京烤鸭的两大流派，分别以全聚德和便宜坊为代表。挂炉烤出的鸭子外观饱满，颜色呈枣红色，皮层酥脆，外焦里嫩，并带有一股果木的清香；焖炉烤鸭外皮油亮酥脆，肉质洁白、细嫩，口味鲜美，口感更嫩一些，鸭皮的汁也明显更丰盈饱满一些。

2. 香

“香”指食品的气味，它作用于人的嗅觉器官鼻子，使人产生嗅感。有时菜未至而先闻其香，有“闻香下马”的审美功效。和颜色一样，食品的气味也是引发人产生某种感受而导致一定的食欲心理和生理的要素。

饮食审美中对食品气味的判定，在感觉上要达到香味诱人的效果。人的嗅觉对葱、蒜、花椒、辣椒等辛香，八角、茴香等料香，动物油脂等脂香以及一些原料本身具有的鲜香等气味比较敏感。这些香气或单独呈现，或复合呈现，要求香得纯正，香得恰到好处。香气过淡或过于浓烈，都不是最诱人的。

3. 味

“味”指食品的味道，作用于人的味觉器官舌头上的味蕾，使人产生味感。中国饮食审美中，味是最主要的、第一位的要素。判断一款食品是否为美食，首先尝其味道好不好。所以有人说，中国的菜是给嘴准备的，以区别于其他国家饮食审美所强调的其他要素。

饮食审美中对食品味道的判定，笼统地讲只有一句话:“好吃不好吃。”什么样的是好吃？什么样的是不好吃？其标准有因人而异的一面，即“物无定味，适口者珍”；也有共同的一面，即“口之于味，有同嗜焉”。公允客观的标准是二者的统一。因此，中国各风味流派在其发展和向外拓展中，都遵循这样一条原则: 以原风味流派的味型为基础，适应新的时代或新的消费群体做适当的调整。如正宗或地道的川菜，只有在四川本地才可以吃到。凡发展到外地的川菜，或多或少都要对其麻辣浓烈度做某些调整。因此在对川菜麻辣味的审美中，四川人和外地人的标准是有区别的。然而，这一区别又是相对的，它不会大到丧失了麻辣味型基本特点的地步。

趣味链接

佛跳墙

福建有一款名菜，叫“佛跳墙”，它是将海参、广肚、干贝、鱼翅、鲍鱼、火腿、猪蹄筋、香菇、鸡等十余种名贵原料先分别进行半加工，然后一并放入坛子里，再加入骨汤、绍酒、香料等，用荷叶封口后微火煨制很长时间而成。相传此菜原名“全福寿”，清代福州一菜馆的“全福寿”味道浓郁，香气诱人，隔壁寺院的高僧竟不顾佛门戒律，跳墙以入而食。有“开坛香味飘四邻，佛闻弃禅跳墙来”的赞誉。据说从此以后，“全福寿”就改名为“佛跳墙”了。

4. 形

形指食品的外部形状。它作用于人的视觉器官眼睛，使人产生某种美与不美的感受。在中国，食品造型有三种: 第一种是实用性造型，如一般情况下为方便烹调将原料切成块、丝、条等; 第二种是艺术性造型，如花色拼盘或食品雕刻，拼摆出花的图案或雕刻出动物形状; 第三种是实用性与艺术性结合的造型，如餐馆土豆切丝，既要方便烹炒，又要切得细匀，使客人觉得美观。人们在对食品形状审美评判中，认为最美的是第三种造型。第一种谈不上艺术性，其美仅为实用之美; 第二种有的人往往过分重视外在形式而忽视了食品造型的最基本依据——能食用; 第三种则是在不违背目的的前提下增加其审美价值的造型。

5. 质

“质”即食品的质感，它是食品作用于人口腔黏膜细胞，在咀嚼、搅拌食品过程中使人产生的滑、嫩、酥、脆等感觉。由此可以形成一定的审美感受。很多原料在烹调后，其质地发生了某些变化，而烹调的目的之一，就在于适度改变或保持原料的质地，让食品进入口中后，产生触觉上的快感，从而得到愉悦之美。食品不同，对其质感的要求也不同。笼统地讲，凡是能引起触觉快感的，都属于美的质感。属于这一类的有滑、爽、清、嫩、柔、绵、酥、脆等。适当的，筋(有嚼头)、焦(焦脆) 也属于美的质感，而坚硬、老韧等则属于不美的质感。虽然属于同一类质感，其程度总会有区别。一般情况下，以质感程度恰到好处为最佳。如炒肉丝，以嫩为最佳，过头则显老，欠火候则偏韧。

6. 养

“养”指食品的营养成分。当然，以特定的食品而论，营养成分种类越多、各种成分的含量越高越好。在中国传统的食品审美中，并不是像有人说的没有提到营养，或者不重视营养。事实是不但提到，而且很强调营养。只不过在表达和形式上与西方有所不同。如《黄帝内经》中提出的谷、果、畜(肉类)、菜结构和它们的养、助、益、充功能就是一幅完整的营养搭配图。现在，我国已经把“养”作为一个要素扩展至全部食品的审美中，而且采用先进的科学分析法，借助仪器对食品营养成分做定性、定量分析，以满足人体需要，提高其审美价值。

7. 卫

“卫”即食品的卫生。中国古代对饮食卫生相当重视。在古代，就食品必须清洁卫生而言，是不言而喻的事。现代的中国人更是以科学理论为指导，使卫生标准成为食品审美中越来越受重视的构成部分。

趣味链接

卫生和营养

中国古代没有专门把卫生和营养列入欣赏序列中，并不是传统烹饪不讲究卫生和营养(如孔子提出的食品卫生标准；《养小录》提出“洁”是饮食之“大纲”；《随园食单》指出讲究卫生才可称为“良厨”。《黄帝内经·素问》构建的“谷、果、畜、菜的养、助、益、充”传统膳食营养结构一直影响到当代)，而是因为古人认为：第一，卫生和营养不属于与色、香、味、形等同一类的、欣赏序列的要素；第二，饮食卫生是理所当然的事，是一种贯穿于操作、进食过程始终的行为，一般不用指出。第三，传统的营养结构包括饭和菜在内，进食时饭必有菜，菜必配饭。同时，菜并非单独一种，所以不用特别强调某一道菜中各种营养的搭配。

这些也是中西文化差异在饮食中的反映。

8. 名

“名”指食品的名称。在中国饮食审美中，食品的名称之美备受重视，特别能体现中国文化的特色。中国食品的取名，所用方法之多举世仅见。有根据主料构成、烹调方法、形状、特质、创制地、创制人等直接取名的，如双菇菜心、酱爆肉、葫芦鸡、脆皮鸡、兰州拉面、宫保鸡丁等；有使用象征、联想、谐音、诗词、成语、熟语、吉祥语、典故、传说、评价等命名的，如全家福(大杂烩)、金钩挂玉牌（黄豆芽烧豆腐片）、百年好合（莲子百合羹）、绿肥红瘦（青菜烹活虾）、龙凤呈祥（蛇鸡合烹）、霸王别姬（王八与鸡合烹）、天下第一菜（锅巴虾仁）、佛跳墙（大杂烩）等。其名称五光十色，绚丽多彩，或庄重，或诙谐，有的文学味很浓，有的以意境或情趣取胜，美不胜收。因此，中国人吃饭时，欣赏菜名就是一种审美享受。

9. 器

"器"指盛装食品的器皿。食品虽美，如果没有相应的盛器与之配合，给人的美感就不强烈，食品本身的审美价值也会降低。美食配美器，相得益彰，如锦上添花。"紫驼之峰出翠釜，水精之盘行素鳞"，不但形象美，而且情趣也美。山野蔬菜配上质朴古拙的陶盘，别有一种意境。因此，清代烹饪理论家袁枚提出了"美食不如美器"的观点。由此可见，器皿虽然不是食品自身的内在要素，但它与食品有机组合后，构成复合造型，能引发人们美的联想，增加人们美的享受，从而提高食品的审美价值。所以，中国饮食传统审美把食器作为审美对象，使其成为食品审美要素的构成部分。

以上九个要素是中国食品的审美具体内容，但必须指出，这些要素在审美中不是孤立的，它们是一个有机的整体。在食品审美当中，各要素都在整体中发挥自身作用，统一起来表现食品的审美价值。换句话讲，单单一种要素或几种要素达到了美的要求，还不能说就是美食，只有全部要素都达到了美的标准，才能算是尽善尽美的美食。

（二）饮食活动审美

这里所讲的饮食活动特指食品的消费，也就是吃与喝的过程。从人们满足生理需要的角度讲，饮食活动是人体获取食物以维持生命的过程；从美学角度讲，一次雅致有序的饮食活动，也是一次饮食的审美过程。饮食活动中的审美也有因人而异的一面，与审美的主体——就餐之人所具有的文化修养、精神境界、阅历、认识水平等自身因素密切相关。但从共性看，饮食活动又有共同的审美标准。人们经过总结，主要概括为良辰、美景、可人、韵事、趣序五条，即所谓的"五美俱"。

1. 良辰

良辰指合适的时间，这是饮食活动审美的时间条件。公务繁忙，杂事缠身，自然没有兴趣从容地欣赏饮食之美。同时，当阴霾漫天、狂风肆虐的时候，也没有心情欢快地享受美食带来的喜悦。因此，饮食活动要具有美感，首先要选择适当的时间即良辰。什么时间为良辰？可根据具体情况而定。如年节喜庆、有朋自远方而来之时，也可是春日融融、和风送暖，夏夜月明、清风徐来，秋高气爽、丹桂飘香，冬雪乍停、寒梅初放的时候。总之，时间的选择以使人感到从容不迫、心情舒朗、兴趣盎然为最好。王羲之有名的兰亭集会，就选在“天朗气清，惠风和畅”的三月；苏东坡泛舟赤壁的夜饮，选在夏夜月明的江面上。这就是时间美。

2. 美景

美景指优美雅致的环境。这是饮食活动审美的环境条件。试想闹市之中，人声嘈杂，秽物之旁，臭气熏天，怎么能以愉快的心情体会饮食之美？怎样的环境才算是美景？也要因地而论。如大自然的松中竹下、花前林间、湖中水边、山间溪旁，居住区的敞厅高台、草堂瓦舍、高楼崇阁、静院幽园等都是好地方。只要环境幽雅洁净，使人心静气爽、精神振作，就是美景。欧阳修写《醉翁亭记》，宴会之地就选在幽深秀丽的琅琊山中，设席亭中，旁边溪水潺潺，山中鸟鸣水流之声似美妙的音乐，以至于他说“醉翁之意不在酒，在乎山水之间也”，使饮食审美达到了相当高的境界。这就是环境美。

3. 可人

可人指志趣相得的主人和客人。人是饮食活动的主体，每个人既是饮食活动审美的主体，又是饮食活动审美的客体（即对象）。所以古人强调宴饮之人必须是“胜友”“高朋”，才能有融洽的人际关系，才能营造欢乐的气氛，才可以产生志趣相投的共鸣，达到心灵上的相通，得到精神上的享受。在饮食审美的诸种条件中，人的条件是至关重要的。因为食品虽然是饮食活动最主要的因素，但在审美中，它是被动的客体，而人不管属于哪种角色，都具有主动性。所以，古代的文人雅士，对饮食活动中人的挑选是很严格的。以饮茶为例，要避免“主客不韵”（无共同语言），所参与之人不宜是“俗客”“恶客”，饮茶不宜让“野性人”接近。虽然这种说法反映的是封建知识分子的情趣和审美观，但就审美活动要求的人际关系条件看，还是正确的。这就是人际美。

4. 韵事

韵事指饮食活动中有情趣、韵致的事，属于言行美。在饮食活动中，不可能从头到尾只是吃和喝，而没有其他活动内容。中国人在饮食活动的进行中，总是要安排一些与之相关的其他活动，或为饮食活动助兴，或借此抒发自己的感情，或与饮食活动相辅，达到某一审美境界。如《红楼梦》中描写了很多宴会，有的采取划拳、行酒令、击鼓传花、说笑话来增加欢乐气氛，有的则采取赋诗吟唱表现自己的文才、志向、意趣。再如古代隐士往往在饮茶时焚香弹琴，格物致知，力求产生“清心神而出尘表”（超出尘世对思想的约束）的感受。这就是言行美。

趣味链接

临江仙·滚滚长江东逝水（明·杨慎）

滚滚长江东逝水，浪花淘尽英雄。
是非成败转头空。
青山依旧在，几度夕阳红。

白发渔樵江渚上，惯看秋月春风。
一壶浊酒喜相逢。
古今多少事，都付笑谈中！

这首词因《三国演义》电视连续剧将其作为片头曲而大为流传。我们这里要讲的是词中关于饮食文化的审美。“一壶浊酒”便把人物置于饮食活动中。“良辰”：“春月秋风”“夕阳红”；“美景”：良辰中的“江渚”和“滚滚长江东逝水”；“可人”：喜相逢的“白发渔樵”；“趣事”：“是非成败转头空”的感慨、“古今多少事，都付笑谈中”的谈话。

5. 趣序

趣序指饮食活动中经组合的美食按照一定的先后顺序和节奏供至桌上，富有节奏之美。中国的宴会，在一般情况下，以冷碟和酒品为开席序曲，以热菜、大菜掀起高潮，以汤和水果为结尾。其节奏是序曲比较平缓，时间也较长。互相敬酒、谈话，适量进食凉菜。头菜上席，开始了第一次高潮；然后上若干个大菜，掀起若干次高潮。在几次高潮之间又以较平淡的热菜作过渡，使整个上菜节奏有起伏、快慢的变化。其中最主要的大菜往往在最后上，以此掀起最大的高潮，达到最热烈的效果。大菜之后一道汤，如结束曲奏响，节奏趋于平缓。最后的水果，如曲终谢幕，宣告宴会结束。在菜品组合中，也讲求不同烹调方法所制菜品的交替或不同风味流派菜品的交替，尤其要讲求多种味型和口感菜品的交替。如要有拌、炒、烧、烩、蒸、煮等的菜，或川、鲁、粤、淮扬、浙等风味的菜，或者要有荤、素搭配的菜；还要有咸、甜、糖醋、麻辣、鲜、酸等味型的菜以及脆、酥、绵、爽、筋、软等口感的菜等，造成山重水复、柳暗花明、花样迭出、目不暇接的效果。一次宴会下来，好像欣赏了一支美妙的乐曲，余音袅袅，韵味悠长。又好似观看了一出精彩的戏剧，内容丰富，角色齐全，人物个性突出、性格分明，有引子、正文、结尾，有铺垫、渲染、呼应，有跌宕起伏、平缓前进，有高潮突起，表现出强烈的节奏感、韵律感，具有浓烈的审美情趣和高度的审美价值。这就是节奏美。

趣味链接

食趣——兰亭集会

东晋永和九年（353年）三月初三，王羲之和40多个朋友一起，在会稽郡山阴之兰亭（现浙江绍兴西南）举办修禊集会。据王羲之写的《兰亭集序》说，当地“有崇山峻岭，茂林修竹；又有清流激湍，映带左右”。由于有弯弯曲曲的小溪，所以他们采用了一个有趣的玩法——“曲水流觞”。就是制作了许多能够漂流在水面上的酒杯，里面斟满酒，让它们顺水漂流，大家坐在岸边，酒杯流到谁面前谁取而饮之。然后大家观景作诗，抒发情感，互相欣赏交流。“一觞一咏，亦足以畅叙幽情”，千百年来，传为文坛盛事佳话。

和食品的审美一样，饮食活动的审美也是一个完整的过程，各审美要素相互关联，构成了一个有机的统一体，缺一不可。人们在审美中得到的是综合性的美感，所体现的是饮食活动整体的审美价值。

其实，在中国饮食审美中，所面对的审美对象并不仅仅是食品和饮食活动。可以说，饮食文化各组成部分都在审美对象的范围内，如烹饪工具中的鼎造型纹饰之美、烹饪原料中各类原料质地和色彩之美、烹饪技艺中刀工技巧之美等。即使在食品和饮食活动范围内，本单元也只介绍了其中的审美内容、审美标准和审美方法等。而在美学所涉及的范围内，只是简述了中国饮食审美的原则，而对整个中国饮食的审美对象、内容、方式方法，所包含的审美情趣、达到的审美境界、体现的审美价值等，没有做全面、系统的讲解，很多方面很少涉及甚至没有涉及。因此，本单元所讲的内容只是中国饮食审美中的一小部分，要想了解中国饮食之美，还需要扩大自己的眼界，学习更多相关的美学知识，结合实际，不断进行审美实践和总结，使自己的审美水平不断提高，从而真正体会中国饮食之美，认识中国饮食的审美价值。

中国
饮食养生

主题导入

中国古代的饮食养生理论所具有的民族特色最为鲜明，因为它创造出了一个完整的理论体系，千百年来指导着人们的实践活动。对于这一点，可以看一看符中士先生在《我的中国胃》里是怎么说的。

“中国饮食文化的渊源，是东方古老的阴阳学说。这是一种带有浓厚浪漫色彩的哲学，至今还在影响人们的饮食生活。中国人的饮食追求，是‘美味享受、饮食养生’。把饮食的味觉感受摆在首要的位置，注重饮食审美的艺术享受。中国的传统饮食观，不存在营养的概念，只讲饮食养生。饮食养生包括‘辨证施食’与‘饮食有节’两方面的内容。原理还是阴阳五行的相生相克。中国人把饮食作为一种艺术，以浪漫主义的态度，追求饮食的精神享受。这是中国饮食文化的特点。”

讨论

仁者见仁，智者见智，符先生谈的是他自己对中国饮食养生理论的感受，每个人也都可以说出自己的理解和想法。结合所学内容试着谈谈你对中国饮食养生理论的理解。

养生之道是中国古代的一门大学问，它的目的就是通过一些特定的方法使人身体保持健康，寿命得以延长。这些方法中有导引(气功)、沐浴、服药、饮食等。而饮食养生是各种方法中第一的、最主要的方法。中国古人认为，饮食既具有养生的作用，同时也具有治疗疾病的功效，这就是饮食养生与饮食治疗，简称为食养食疗，是祖先留下的宝贵财富。

一、中国传统饮食养生

中国的饮食养生理论大约萌芽于西周之前的夏、商时期，至春秋、战国时形成基本体系，经以后各代不断补充发展，到隋唐时达到完备。

（一）中国传统饮食养生理论基础

1. 传统饮食养生理论的一个重要基础，就是“药食同源” 理论

古人认为，药和食物有着共同的根源，即从充饥角度看是食物，从治病角度看又是药，神农当年就是这样为人们寻找药和食物的。因此，食物既可以充饥，又可以养生,“养生之道，莫先于饮食”。唐代医药家孙思邈曾经说过，作为一个医生，首先应该查明病人的病因，然后使用饮食手段来治疗。在饮食治疗无效的情况下，再用药物治疗。而且古代特别强调，与其用药物治疗疾病，不如在日常生活中注意饮食和生活规律，让身体不要生病。

趣 味 链 接

食 疗 为 先

- 夫为医者，当须洞晓病源。知其所犯，以食治之。食疗不愈，然后命药。
  ——唐·孙思邈《千金要方·食治》
- 以方药治已病，不若以起居饮食调摄于未病。
  ——清.曹慈山《老老恒言》
- 若能用食平疴，适情遣病者，可谓上工矣。
  ——宋《太平惠世圣方》

2. 传统饮食养生所依据的理论基础，是中国古代传统的阴阳五行学说以及人体脏腑脉经吐纳运行机理

古人认为，人的肉体和精神由五行（金、木、水、火、土）物质和阴阳二气聚合而成。人体内五行和阴阳运转规律与天地间五行和阴阳运转规律是一致的。如果人体内五行运转正常，阴阳二气平衡，身体就健康、精力充沛；反之，人就要生病。人体内的五脏（肾、心、肝、脾、肺）、六腑（胃、膀胱、小肠、大肠、胆、三焦）分别具有五行的特性，而且有脏属阴、腑属阳的区别。五脏之中，肾主宰骨髓，直接影响肝。因为按五行水生木的理论，肾属水、肝属木，所以肾水生肝木；心主宰血脉，属火，可生脾土；肝主宰筋，属木，可生心火；脾主宰肌肉，属土，可生肺金；肺主宰皮毛，属金，可生肾水。这样就形成一个肾水——肝木——心火——脾土——肺金——肾水的相生圈。六腑也分别属于五行并形成一个相生的循环圈。五脏六腑是转化存藏食物营养的器官，脉络是传送运输的通道。

所有的食物既分别具有咸、苦、酸、甘、辛五味，又分别具有水、火、木、土、金五行特性。五味生成腐、焦、臊、香、腥五气，也分别具有与上述五味对应的五行特性。这里的五味专指作为药的食物所具有的药之味，与舌头所感知的食物的五味不完全是一回事，如猪肉味咸，羊肉味苦，牛肉味甘，鸡肉味辛等。五味之中，咸有软化、苦有干燥、酸有收敛、甘有缓和、辛有疏散等作用。五味、五气与五脏、六腑在五行上相对应，在阴阳上也相对应。如咸味、腐气与对应的肾脏、膀胱（腑）同属水，咸与肾同属阴，腐气与膀胱同属阳。食物除具有药的五味之外，还具有寒、热、温、凉、平五种药性。寒凉性的食物具有清热、泻火、解毒作用，温热性的食物具有补益作用，性平的食物则介于中间。

五味进入人体后有滋养作用。总的原则是食物通过胃化生出一种叫作“精”（或精气）的物质，在脏、腑和筋脉、经脉传输以及其他组织的协同配合下，经历摄入、转化、运行、吸收等过程，维持人体正常的新陈代谢，使人体成为一个有生命的机体。其具体过程是食物进入胃，化生出精气，一部分精气进入肝成为肝气，再由肝进入筋络之中。一部分精气进入心成为心气，再由心进入血脉成为脉气。脉气通过脉络归入肺成为肺气。肺把所有脉络传输的精气汇合以后，输送到皮毛肌肉组织中，皮毛肌肉中的精气又贯注到六腑之中成为六腑之气。六腑中的气又进入心、肝、脾、肾四脏中，最后归入具有权衡作用的肺中。从外部看，表现在被称为“气口”的脉象上。所以根据脉象就可以判断人的健

康状况与生死。另外，还有水液之类的食物进入胃后，化生出的精气向上输送至脾，再由脾上行至肺，肺通调水道下行至膀胱。水之精可散布于全身，与五脏经脉协同运行。

中国传统饮食养生理论认为人生病，就是上述平衡关系遭到破坏的结果。造成这种后果的原因很多，如情绪不佳、寒热燥湿侵入、饮食不节等。如果阴胜阳，阳处于劣势，就是阳亏阳虚，所得病表现为寒症。喜怒哀乐过度都会“伤气”，所以有怒伤肝、喜伤心的说法。某味食物摄入过量也导致人生病，如咸味食物吃得过多，人容易患血脉病；苦味食物吃得过多，容易患毛发皮肤病。

（二）中国传统饮食养生方法

中国传统饮食养生方法就是通过食养食疗，使体内五行运转协调有序，阴阳二气处于平衡状态。

1. 食养

中医学认为，人体在一般情况下，体内阴阳二气和五行运转的平衡是相对的，不平衡是绝对的，平衡总是被不平衡打破，所以需要经常进行调理。调理的手段之一就是食养。由于食物都具有一定的味和性，分属于五行，故而可以用食物来补充体内所缺少的某种“气”。如肝气不足，则出现阴气虚亏、热气较旺盛的现象，而鳖（甲鱼）之肉味甘性平，可滋补阴气而凉血，适当进补就可使肝气得到调整。如肾气不足，则出现阳气虚亏体寒现象，而黑米味甘性温，可补益肾气而温血，煮粥而食就可以达到调理目的。当然，以上仅仅是非常粗略地讲，具体运用上还要复杂得多。要根据人的性别、年龄，所显示的身体状态仔细深入地分析，排除假象而抓住实质，对证（症）施食，否则就可能出现补而无效甚至适得其反的后果。同时，食养还十分讲求根据四季变化而变化，各种食物相互搭配要适当以及根据具体情况使用不同的烹制方法等。

2. 食疗

当人体内部阴阳五行运转平衡遭到比较大的破坏时，就显示出或热或寒、或亏或虚较严重的“症状”。在这种情况下就不是食养可以调整的了。根据病情的轻重，可以采取不同的方式方法进行食疗。如感冒初期，为寒气侵入时，就可以用姜葱红糖汤治疗。因为辛味食物具有宣散、行气血作用，可使体内寒气发散出去。如体内热结，小便变黄，即一般所说的“上火”时，就可以吃味苦性寒的苦瓜，或具有相近功效的西瓜、黄瓜等食物清热、利尿、解毒。和食养一样，食疗更需要结合人的性别、年龄、体质、病症、天时等状况和因素，认真分析，辨证施治。中国古代在食养、食疗方面，积累了非常丰富的经验，发明了大量的方剂，不但有一般性的，还有根据具体需要(如养老、妊娠、哺乳、壮阳等)提出的专用方剂。这些方剂是十分宝贵的文化遗产。如唐代孙思邈在《千金要方》中，录入154种"食药"和数十种食疗方剂。元代忽思慧在《饮膳正要》录入"抗衰老"方29个。明代李时珍在《本草纲目》中，收集了方剂552种，仅"粥疗"法就有62种，还配制了既可用于食养又可用于食疗的方剂34种。这些食疗方法值得继承和发扬光大。

（三）中国传统饮食养生的原则和注意事项

在饮食养生中，古人还总结出一系列原则和注意事项，很有科学道理。概括起来主要有以下三个方面。

1. 饮食有度

古人认为饮食有度是食养的一大原则。饮食有度就是按时间、按规律吃饭，不要一味追求美食，不要吃味道太浓的食物，不要喝过多的酒，不要吃得过饱，也不要过于饥饿。否则，轻者可以使人生病，严重的可减少寿命或危及生命。同时还提出不要在饥饿过度时才吃饭，也不要在渴极的时候才喝水，即使饥饿也不要吃得过饱，即使口渴也不要喝得太多。有的人提出"少食多餐"原则，有人主张早饭要吃饱，超过中午可以少吃，晚饭可以不吃。这些主张现在看来也都有一定道理。

2. 饮食宜忌

饮食宜忌即什么时候适宜吃什么，什么时候不宜吃什么；什么食物在一起烹制合适，什么食物在一起烹制不宜。如古人认为春天应多吃酸的，夏天多吃苦的，秋天多吃辣的，冬天多吃咸的，四时皆宜以甜的作为调整。食物之间在相互搭配上需注意，如人参不要和萝卜一起炖，菊花不能和蜂蜜拌在一起吃等。这些不一定完全有道理，但经现代科学检验，食物和食物、食物和药物之间确实存在相忌的情况，有些食物放在一起烹制会使其中的营养成分遭到破坏或减少，有些会发生化学反应，产生对人体不利的有害物质。

3. 饮食卫生

古代饮食养生中还涉及饮食卫生问题，经实践总结，提出了很有见地的注意事项。如进餐时要精神集中，心情愉快，这样才能有助于消化，利于健康；吃饭时不要讲话；吃饭时不要专心思考问题；在生气之后不要马上进食，在进食之后不要生气；食物要细细咀嚼，生的食物更不要吃得太快；饭后不可立即沐浴；饭后百步走，能活九十九等。这些注意事项除个别的现在有异议外，绝大多数均符合科学道理，都很值得人们重视。

二、中国现代食养食疗

进入新世纪，随着中国经济的发展，人民对美好生活的追求和旅游业的蓬勃发展，食养食疗又一次大放异彩。在继承、发掘、整理我国古代食养食疗文化遗产的基础上，结合现代科技，我国的科学家、烹饪理论家以及烹调专家们努力创新，大胆开拓，又推出了很多新的食养食疗方法和产品，既弘扬了中国饮食文化的优秀传统，又以此为中国人民和世界各国人民造福。

现代人更加注重养生保健，树立了现代饮食营养科学理论指导下的养生保健观念。除注意绿色食品的摄入外，养生保健食品（养保食品）受到广泛的青睐。鉴于世界性的工业污染，加上国际旅游业的迅猛发展，人们对养保食品的需要更迫切，要求其层次更丰富、数量更巨大、质量更高。现代养保食品的品种之丰富、涉及范围之广泛、成分组合之科学等，是历史上任何时代都无法比拟的。如现代养保食品，有男女之分，有老年、中年、青年、少年儿童、婴儿之分；在功效上，有强体、益寿、优生、养颜等之分；同一类养保食品，还针对不同的对象细分，如补钙食品，有适合老年人的，有适合婴幼儿的，还有适合少年、青年、中年人的，甚至是适应不同职业人群的。在品种开发上，除传统的以外，还开发出花粉、营养菌、生化产品等高科技型养保食品。同时借助于现代科学检测和实验手段，使养保食品的成分组合更为合理，功效更加显著。在餐馆中，养保食品大受欢迎；在商店里，各种各样的养保食品琳琅满目。全民讲科学食养的观念已深入人心。

随堂测验

一、单项选择题

1. 祝寿一般送（　　）。

A. 桃　　B. 花生　　C. 苹果　　D. 梨

2. 中国的饮食养生理论萌芽于（　　）时期。

A. 夏商　　B. 秦　　C. 汉　　D. 元

3.《本草纲目》中收录了方剂552种，仅“粥疗”法就有62种，这部书的作者是（　　）。

A. 孙思邈　　B. 忽思慧　　C. 黄帝　　D. 李时珍

4. 五脏中的肝属（　　）。

A. 水　　B. 火　　C. 土　　D. 木

5. 五脏中的心属（　　）。

A. 水　　B. 火　　C. 土　　D. 木

二、多项选择题

1. 中国饮食审美的原则包括（　　）。

A. 吉祥　　B. 和谐　　C. 欢乐

D. 敬诚　　E. 虔诚

2. 下列属于食品审美的是（　　）。

A. 色　　B. 香　　C. 味

D. 形　　E. 质

3. 下列属于饮食活动审美的是（　　）。

A. 良辰　　B. 美景　　C. 可人

D. 韵事　　E. 趣序

4. 五行包括（　　）。

A. 金　　B. 木　　C. 水

D. 火　　E. 土

5. 食物具有（　　）五味。

A. 咸　　B. 苦　　C. 酸

D. 甘　　E. 辛

拓展应用

请结合中国传统的饮食养生理论，设计一款食养菜肴。

参考书目

1. 赵荣光 . 中国饮食文化概论 [M]. 2版 . 北京：高等教育出版社，2008.
2. 姚伟钧，刘朴兵 . 中国饮食史 [M]. 武汉：武汉大学出版社，2020.
3. 王学泰 . 中国饮食文化史 [M]. 北京：中国青年出版社，2012.
4. 马健鹰 . 中国饮食文化史 [M]. 上海：复旦大学出版社，2011.
5. 王辉 . 中国古代饮食 [M]. 北京：中国商业出版社，2015.
6. 王仁湘 . 饮食史话 [M]. 北京：社会科学文献出版社，2012.
7. 邱庞同 . 中国菜肴史 [M]. 青岛：青岛出版社，2010.
8. 赵建民 . 中国菜肴文化史 [M]. 北京：中国轻工业出版社，2017.
9. 李明晨，宫润华 . 中国饮食文化 [M]. 武汉：华中科技大学出版社，2019.
10. 吴澎 . 中国饮食文化 [M]. 3版 . 北京：化学工业出版社，2020.
11. 林胜华 . 饮食文化 [M]. 北京：化学工业出版社，2010.
12. 冯玉珠 . 饮食文化与旅游 [M]. 2版 . 北京：化学工业出版社，2015.
13. 杜莉，姚辉，郑伟 . 中国饮食文化 [M]. 3版 . 北京：旅游教育出版社，2022.
14. 金洪霞，赵建民 . 中国饮食文化概论 [M]. 2版 . 北京：中国轻工业出版社，2019.

中国饮食文化

ZhongGuo YinShi WenHua

图书在版编目（CIP）数据

中国饮食文化 / 叶俊士主编. -- 3版. -- 北京：高等教育出版社, 2024.5

ISBN 978-7-04-062123-5

I. ①中… II. ①叶… III. ①饮食-文化-中国
IV. ①TS971.2

中国国家版本馆CIP数据核字(2024)第084132号

策划编辑 曾 娅
责任编辑 曾 娅
封面设计 赵 阳
责任绘图 易斯翔
版式设计 赵 阳
责任校对 王 雨
责任印制 刁 毅

出版发行 高等教育出版社
社 址 北京市西城区德外大街4号
邮政编码 100120
印 刷 三河市华润印刷有限公司
开 本 889mm×1194mm 1/16
印 张 11.5
字 数 180千字
购书热线 010-58581118
咨询电话 400-810-0598
网 址 http://www.hep.edu.cn
http://www.hep.com.cn
网上订购 http://www.hepmall.com.cn
http://www.hepmall.com
http://www.hepmall.cn
版 次 2002年7月第1版
2024年5月第3版
印 次 2024年5月第1次印刷
定 价 34.80元

物 料 号 62123-00

读者意见反馈

为收集对教材的意见建议，进一步完善教材编写并做好服务工作，读者可将对本教材的意见建议通过如下渠道反馈至我社。

咨询电话 400-810-0598

反馈邮箱 zz_dzyj@pub.hep.cn

通信地址 北京市朝阳区惠新东街4号富盛大厦1座
高等教育出版社总编辑办公室

邮政编码 100029

防伪查询说明

用户购书后刮开封底防伪涂层，使用手机微信等软件扫描二维码，会跳转至防伪查询网页，获得所购图书详细信息。

防伪客服电话 （010）58582300

学习卡账号使用说明

一、注册 / 登录

访问 https://abooks.hep.com.cn，点击“注册 / 登录”，在注册页面可以通过邮箱注册或者短信验证码两种方式进行注册。已注册的用户直接输入用户名加密码或者手机号加验证码的方式登录。

二、课程绑定

登录之后，点击页面右上角的个人头像展开子菜单，进入“个人中心”，点击“绑定防伪码”按钮，输入图书封底防伪码（20位密码，刮开涂层可见），完成课程绑定。

三、访问课程

在“个人中心”→“我的图书”中选择本书，开始学习。

如有账号问题，请发邮件至：4a_admin_zz@pub.hep.cn。